U0010451

圖像

暢銷修訂版

自然發音法

曾利娟　Melody ◎著

晨星出版

目次

音檔使用說明　　　　　　　　　　　　　　006

序章　圖像自然發音法

「自然發音法」與「音標學習法」的不同　　008

如何達到「零音標！看字發音、聽音辨字」的目標　010

子音對照表：自然發音、K.K. 音標、國際音標　012

母音對照表：自然發音、K.K. 音標、國際音標　013

Lesson 1　子音篇

先學子音　　　　　　　　　　　　　　　016

21 個子音　　　　　　　　　　　　　　　017

Lesson 2　短母音篇

先學短母音，後學長母音　　　　　　　　030

短母音　　　　　　　　　　　　　　　　031

短母音：aˋeˋiˋoˋu　　　　　　　　032

Lesson 3　長母音篇

長母音：先入為主，伊不說話　　　　　　038

長母音：aˋeˋiˋoˋu　　　　　　　　039

後來居上的長母音　　　　　　　　　　　056

一個母音自己結尾　　　　　　　　　　　059

Lesson 4　兩個字母的子音

愛亂交朋友的何先生：H h　　　　　　　064

Lesson 5　子音中的雙面人

雙面人子音：l、m、n、r　　　　　　　　　　　078

雙面人子音 n 遇到好朋友　　　　　　　　　　081

Lesson 6　三娘教子

複習 / k / 與 / j / 的發音　　　　　　　　　　086

母親軟化孩子：i、e、y 軟化前面的 c 與 g　　090

Lesson 7　有聲與無聲子音

有聲子音與無聲子音的對照與比較　　　　　　096

無聲的 s 與有聲的 z　　　　　　　　　　　　098

看到 s 就不要氣嘛：sp-、st-、sk-　　　　　　100

Lesson 8　兩個字母發母音

兩個雞蛋五塊錢：oo　　　　　　　　　　　　104

短母音：al、au、aw　　　　　　　　　　　　108

雙母音：ou、ow　　　　　　　　　　　　　112

Lesson 9　兩個母音發短母音

兩個母音卻變短了：ea、ou　　　　　　　　　116

Lesson 10　一個母音遇到 r

母音遇到 r：ar、er、ir、ur、or　　　　　　　120

Lesson 11　兩個母音遇到 r

遇 r 則短：air、are、ear、eer、ere　　　126

Lesson 12　雙母音、以 w 為首的單字

雙母音：oi、oy　　　132

母音前遇到 w，音都變了：wa-、war-、wor-　　　133

Lesson 13　兩個音節以上的單字，母音在非重音節

懶母音：a、e、i、o、u　　　136

形容詞字尾發懶母音　　　140

名詞字尾發懶母音　　　144

Lesson 14　連音的練習與不發音的字母

子音與 l 的連音　　　148

子音與 r 的連音　　　152

s 與鼻音 m、n 的連音　　　158

le 結尾的單字　　　159

不發音的字母　　　160

終章　Get Cracking!

破解單字，自信唸英文！　　　170

音檔使用說明

手機收聽

1. 偶數頁（例如第 18 頁）的頁碼旁邊附有 **MP3 QR Code** ◄┄┄┄┄┄┄┄┐
2. 用 APP 掃描就可立即收聽該跨頁（第 18 頁和第 19 頁）的發音
   示範音檔，掃描第 20 頁的 QR 則可收聽第 20 頁和第 21 頁……

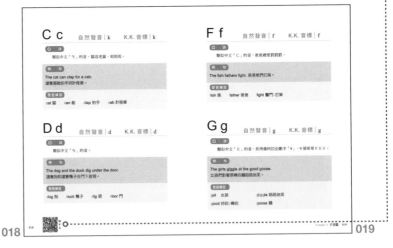

電腦收聽、下載

1. 手動輸入網址＋偶數頁頁碼即可收聽該跨頁音檔，按右鍵則可另存新檔下載
   https://video.morningstar.com.tw/0170040/audio/**018**.mp3
2. 如想收聽、下載不同跨頁的音檔，請修改網址後面的偶數頁頁碼即可，例如：
   https://video.morningstar.com.tw/0170040/audio/**020**.mp3
   https://video.morningstar.com.tw/0170040/audio/**022**.mp3

   依此類推……

4. 建議使用瀏覽器：Google Chrome、Firefox

全書音檔大補帖下載（請使用電腦操作）

1. 尋找密碼：請翻到本書第 40 頁，找出第 1 個英文單字。
2. 進入網站：https://reurl.cc/9ROxrv（輸入時請注意英文大小寫）
3. 填寫表單：依照指示填寫基本資料與下載密碼。E-mail 請務必正
   確填寫，萬一連結失效才能寄發資料給您！
4. 一鍵下載：送出表單後點選連結網址，即可下載。

序章

圖像自然發音法

「自然發音法」與
「音標學習法」的不同

自然發音與 K.K. 音標截然不同

在學習英文前,讀者們應該了解:背 K.K. 音標的音標學習法與看字讀音的自然發音法(Phonics)是截然不同的。

自然發音法(Phonics)是所謂的「直覺發音法」,或稱「字母拼讀法」,是一種「認字讀音」的方法;而音標學習法中的 K.K. 音標只是符號,就如同中文的注音符號一樣。

音標學習法的發音符號數量多,不容易學好

背熟注音符號,不代表能夠完全了解字彙的意思,也就是說無法因此就能完全正確地寫出國字。

熟背了 K.K. 音標,不一定能拼出單字。像是 K.K. 音標中有許多和二十六個英文字母一樣的符號,可是發音卻大不相同。例如 a 這個字母,它與 K.K. 音標的【a】符號是相同,但發音卻截然不同。

對英文並非為母語的學習者來說,想在短期內學會分辨 K.K. 音標的九十五個符號與唸法(K.K. 音標加上大小字母總共有九十五個符號),實在是非常困難的一件事,因此,音標學習法其實造成許多學習困擾。

Melody 老師的圖像自然發音法

　　多年英文教學生涯中，我一直不斷地研究自然發音法（Phonics），希望能讓所有想要學好英文發音和單字的學習者能更易學、更有效果，因此我加入了一些頗富趣味的圖像聯想口訣，以此成為獨特的拼音口訣技巧，讓大家可以不用背音標，就能唸得出、拼得出英文單字，並整理成本書的中心特色：「圖像自然發音法」。

　　不過，本書仍同時附有 K.K. 音標的發音符號，以【 】符號表示，自然發音法的發音符號則以 / / 表示，方便讀者們學習時進行對照及查詢。

　　學習圖像自然發音法之後，讀者們看到單字，應能順利拼出英文所有字彙中 85% 的單字，不需要死背。若您始終未曾弄懂 K.K. 音標，不妨將其先暫擱一旁，藉由熟練我所研究出來的拼音口訣技巧並重複背誦，一定可以大幅提升英文發音的能力、背英文單字的速度及正確性。學完本書的發音學習後，100 個單字中，約有 85% 可以很快唸出發音，並快速記住單字。

學完本書的發音學習後，100個單字中，約有 85% 可以很快唸出發音，並快速記住單字。

如何達到「零音標！
看字發音、聽音辨字」的目標

從音標學習法到自然發音法

記得剛教書的前十年，我以擅長教 K.K. 音標自豪，也曾在中部有線電視台教一系列快速牢記 K.K. 音標的方法與拼字技巧，但自從了解自然發音法（Phonics）、加以研究、並親自教學實驗之後，發現背音標真的很浪費時間，徒增記憶的負擔！不論是 K.K. 音標、DJ 音標、國際音標都必須先背一堆音標符號的發音，再依賴音標唸英文，沒音標就無法唸出生字，這樣要如何看字就能即刻讀音呢？

本書之所以能達到看字讀音的效果，最重要的原因在於「圖像聯想口訣技巧」及「正確的教學順序」。為了讓這套學習原理和方法確實達到「零音標！看字發音、聽音辨字」的效果，請大家依照本書安排的十四堂課程順序進行學習，必定能親自感受到「圖像自然發音法」的神奇成果。

「零音標！看字發音、聽音辨字」的學習原理和方法

本書的編排是我綜合多年教學經驗所歸納出的絕佳學習順序，原理如下：

由簡入繁、由短到長：一定要把單一字母的發音弄清楚，學會了單一字母音才開始練習兩個、三個字母組合在一起的發音。

能拼出單一音節的單字，之後才能練習多音節的單字，循序漸進。（單一音節代表一個單字只有一個母音，多音節單字則是一個單字中有兩個或兩個以上的母音，有的是發兩個母音的兩個音節單字、發三個母音的三個音節單字……）

雙波學習：進入新的課程前，先快速瀏覽並複習先前的課程，進階到新課程時，只要有不夠熟悉的情況發生，就立刻查閱先前的課程。

例如：在「Lesson 6：ck 的發音練習」（P.088），唸到「check」這個單字，就可以回到「Lesson 4：愛亂交朋友的何先生」（P.065），複習「ch」的發音規則，以免將來「ch」、「ck」分不清楚；同一個單元唸到「quick」，可回到「Lesson 1：子音 Q q」（P.023），複習 q 的發音，以免將來因為 q 與 g 視覺上混淆而分不清楚。

先學規律性高的發音組合，後學變化較多的發音組合：短母音通常出現在規律性極高的發音規則，只要是三個字母「子音＋母音＋子音」的組合，中間這個母音一定是短母音，例外情況幾乎是零。而長母音就通常出現在變化較多的發音組合，因此學習順序要排在短母音之後。

字彙中比例較少的規則放在後面學：以「ch」為例，大多數發類似「去」的音（/ ch / ＝【tʃ】kk），少數例外 ch 發 / k / 的音，書中我會透過發音練習幫助大家記住這個例外發音，例如：ch 發 / k / 的音，發音練習單字有「school 學校」，ch 其實只發子音 c 的 / k /，所以我們可以將 h 用斜線劃掉，並以圖像聯想將單字和發音記起來：「想到要去學校，就咳咳咳（kkk）個不停。」這樣是不是就能透過腦中的畫面，把 ch 的發音記下來了？

為了親自學習體驗「圖像自然發音法」的奇妙之處，請大家翻開下一頁，開啟這一趟英文旅程吧！

子音對照表：自然發音、K.K. 音標、國際音標

子音 Consonant Sounds

	自然發音	K.K. 音標	國際音標	例字
1	/ b /	【 b 】	[b]	bag 袋子
2	/ d /	【 d 】	[d]	dog 狗
3	/ f /	【 f 】	[f]	fat 胖的
4	/ g /	【 g 】	[g]	goat 山羊
5	/ h /	【 h 】	[h]	hat 帽子
6	/ j /	【 dʒ 】	[dʒ]	jump 跳躍
7	/ k /	【 k 】	[k]	kite 風箏
8	/ p /	【 p 】	[p]	pot 鍋子
9	/ s /	【 s 】	[s]	son 兒子
10	/ t /	【 t 】	[t]	time 時間
11	/ v /	【 v 】	[v]	vest 背心
12	/ w /	【 w 】	[w]	wagon 運貨馬車
13	/ y /	【 j 】	[j]	yo-yo 溜溜球
14	/ z /	【 z 】	[z]	zebra 斑馬
15	/ l /	【 l 】	[l]	like 喜歡　　　girl 女生
16	/ m /	【 m 】	[m]	mop 拖把　　　time 時間
17	/ n /	【 n 】	[n]	nest 鳥巢　　　sun 太陽
18	/ r /	【 r 】	[r]	rock 岩石　　　star 星星
19	/ ch /	【 tʃ 】	[tʃ]	chicken 雞
20	/ sh /	【 ʃ 】	[ʃ]	sheep 綿羊
21	/ zh /	【 ʒ 】	[ʒ]	television 電視
22	/ th /	【 θ 】	[θ]	teeth 牙齒
23	/ ⱦh /	【 ð 】	[ð]	this 這個
24	/ hw /	【 hw 】	[hw]	wheel 車輪
25	/ ng /	【 ŋ 】	[ŋ]	sing 唱歌

MP3

母音對照表：自然發音、K.K. 音標、國際音標

母音 Vowel Sounds

	自然發音	K.K. 音標	國際音標	例字
1	/ ā /	【e】	[ei]	lake 湖泊
2	/ ē /	【i】	[i:]	jeep 吉普車
3	/ ī /	【aɪ】	[ai]	five 五個
4	/ ō /	【o】	[əu]	home 家
5	/ yōō /	【ju】	[ju:]	cute 可愛的
6	/ yŏŏ /	【jʊ】	[ju]	pure 純的
7	/ a /	【æ】	[æ]	bat 蝙蝠
8	/ e /	【ɛ】	[e]	ten 十個
9	/ i /	【ɪ】	[i]	fish 魚
10	/ o /	【ɑ】	[ɔ]	hot 熱的
11	/ u /	【ʌ】	[ʌ]	duck 鴨子
12	/ ə /	【ə】	[ə]	America 美國
13	/ âr /	【ɛr】	[ɛə]	chair 椅子
14	/ ər /	【ɚ】	[ə:]	teacher 老師
15	/ ûr /	【ɝ】	[ə:]	girl 女孩
16	/ är /	【ɑr】	[a:]	park 公園
17	/ ô /	【ɔ】	[ɔ:]	ball 球
18	/ oi /	【ɔɪ】	[ɔi]	boy 男生
19	/ ou /	【aʊ】	[au]	house 房子
20	/ ōō /	【u】	[u:]	moon 月亮
21	/ ŏŏ /	【ʊ】	[u]	book 書

附註：

1. 臺灣使用的音標是「K.K. 音標」，著重於美式發音，中國及世界大多數非英語系國家使用的音標則為「國際音標」。

2. 「國際音標、DJ 音標、DJ 萬國音標」：國際音標與 DJ 音標大致相同，著重於英式發音。臺灣早期曾使用的音標稱為 DJ 萬國音標，則與目前中國使用的國際音標大致相同，小部分差異處是因配合各地區發音特色的學習，而修改某些符號。

Lesson 1

子音篇

先學子音

    初學者在學習自然發音法時，必須先熟悉子音，也就是說暫時先不理會「Aa、Ee、Ii、Oo、Uu」等母音的變化。如果先前完全沒學習過英文，也不用急於想要記住單字的意義，最重要的還是學好能唸出單字的發音方法，之後再了解字彙的意義及應用。

    學習子音時，得先個別記住子音的所有發音。子音是十分容易記住的，如同中文拼音一樣，大多只要抽離字母本身的母音，留剩的音即為該子音的發音。例如：B b 字母，字母本身發音為【bi】^{kk}，所以當抽掉其中【i】^{kk}（一、）這個母音時，B b 的發音就是【b】^{kk}（ㄅ）即可；同樣的，C c 字母本身為【si】^{kk}，若抽掉母音，C c 這個子音在自然發音法中，就會發為【s】^{kk}（ㄙ）；而 D d【di】^{kk} 這個字母，如果抽掉母音【i】^{kk}，d 發音為【d】^{kk}（ㄉ）；而 F f 字母本身唸為【εf】^{kk}，故抽掉母音【ε】^{kk} 後，子音就發【f】^{kk}（ㄈ）。依循這個方法，大多數的子音都能以此類推，且能很快記牢。

學習時，
先子音後母音！

MP3

21 個子音

B b
自然發音│b   K.K. 音標│b

口　訣

類似中文「ㄅ」的音，笨鳥笨鳥，笨笨笨。

例　句

The blue bird blows bubbles.
這隻藍色的鳥吹泡泡。

發音練習

blue 藍色的　　bird 鳥　　blow 吹　　bubble 泡泡；泡沫

發 B b 時，
去【i】^{kk} 留【b】^{kk}，
以此類推。

C c

自然發音｜k　　K.K. 音標｜k

口　　訣

類似中文「ㄎ」的音，貓追老鼠，剋剋剋。

例　　句

The cat can clap for a cab.
這隻貓能拍手招計程車。

發音練習

cat 貓　　can 能　　clap 拍手　　cab 計程車

D d

自然發音｜d　　K.K. 音標｜d

口　　訣

類似中文「ㄉ」的音。

例　　句

The dog and the duck dig under the door.
這隻狗和這隻鴨子在門下挖洞。

發音練習

dog 狗　　duck 鴨子　　dig 挖　　door 門

MP3

F f

自然發音 | f　　K.K. 音標 | f

口　訣

類似中文「ㄈ」的音，爸爸總是罰罰罰。

例　句

The fish fathers fight. 魚爸爸們打架。

發音練習

fish 魚　　father 爸爸　　fight 奮鬥;打架

G g

自然發音 | g　　K.K. 音標 | g

口　訣

類似中文「ㄍ」的音，長得像阿拉伯數字「9」，9個哥哥ㄍㄍㄍ。

例　句

The girls giggle at the good goose.
女孩們對著很棒的鵝咯咯地笑。

發音練習

girl　女孩　　　　giggle 咯咯地笑

good 好的;棒的　　goose 鵝

H h

自然發音 | h   K.K. 音標 | h

口　訣

馬喝水，喝喝喝。

例　句

The horse holds her hands home.
這匹馬握住她的手回家。

發音練習

horse 馬　　hold 握　　her 她；她的　　hand 手　　home 家

J j

自然發音 | j   K.K. 音標 | dʒ

口　訣

傑克老是借借借。

例　句

Jack jumps over a jar of jam.
傑克跳過一罐果醬。

發音練習

Jack 傑克（人名）　　jump 跳　　jar 罐　　jam 果醬

K k

自然發音｜k　　K.K. 音標｜k

口　訣

類似中文「ㄎ」的音。

例　句

The kid kicks a kite and kills a king.
這個小孩踢風箏又殺死國王。

發音練習

kid 小孩　　kick 踢　　kite 風箏　　kill 殺死　　king 國王

L l

自然發音｜l　　K.K. 音標｜l

口　訣

雙面人子音。母音前發類似「ㄌ」的音，母音後發類似「ㄡ」的音。

例　句

The lady's left leg is on a lamp.
這位女士的左腿靠在檯燈上。

發音練習

lady 女士　　left 左邊　　leg 腿　　lamp 檯燈

M m
自然發音│m   K.K. 音標│m

口　訣

　　雙面人子音。母音前發麥當勞「ㄇㄞˋ」的「ㄇ」，母音後發雙唇緊閉的「mm ...」的音。

例　句

My mom made the monkey mad.　我媽讓這隻猴子狂怒。

發音練習

mom 媽　　made 讓;使 (過去式)　　monkey 猴子　　mad 狂怒的

N n
自然發音│n   K.K. 音標│n

口　訣

　　雙面人子音。母音前發類似「ㄋ」的音，母音後發類似「ㄣ」的音。

例　句

Nick's neck is next to a nest.　尼克的脖子貼近一個鳥巢。

發音練習

Nick 尼克 (人名)　　neck 脖;頸　　next 貼近的;下一個的

nest 鳥巢

P p 　自然發音｜p　　K.K. 音標｜p

口　訣

類似中文「ㄆ」的音。

例　句

Peter Pan pushes the pig past the park.
彼得潘推趕這隻豬經過公園。

發音練習

Peter 彼得　　**push** 推動　　**pig** 豬　　**past** 經過　　**park** 公園

Q q 　自然發音｜kw　　K.K. 音標｜kw

口　訣

q 怕寂寞，老是黏著 u，總是哭哭哭。qu 發類似「哭」的音。

例　句

The quake makes the queen ask a quick question.
這場地震使皇后很快問一個問題。

發音練習

quake 地震　　**queen** 皇后　　**quick** 很快的　　**question** 疑問；問題

R r

自然發音 | r   K.K. 音標 | r

口　　訣

　　雙面人子音。r 是捲舌音，母音前發「ㄖ」加上「ㄛ」的音，母音後發類似「兒」的音。

例　　句

The red rat rode on a rabbit.
這隻紅鼠騎在兔子上面。

發音練習

red 紅色　　**r**at 老鼠　　**r**ode 騎;乘（過去式）　　**r**abbit 兔子

S s

自然發音 | s   K.K. 音標 | s

口　　訣

　　類似中文「ㄙ」的音。

例　　句

Sam kisses his sad sister.
山姆親吻他傷心的姐姐。

發音練習

Sam 山姆（人名）　　ki**ss** 親吻　　**s**ad 傷心的　　**s**ister 姐;妹

M
P
3

T t

自然發音 | t　　K.K. 音標 | t

口　訣

類似中文「ㄊ」的音。

例　句

Tim tells Tom not to tell tales.
提姆告訴湯姆不要揭人隱私。

發音練習

Tim 提姆（人名）　　**T**om 湯姆（人名）　　**t**ell **t**ales 揭人隱私

V v

自然發音 | v　　K.K. 音標 | v

口　訣

性感 Vivian 老是「上齒咬下唇」，發音類似中文「ㄈ」的音。

例　句

Vivian has five vast vests.
薇薇安有五件巨大的背心。

發音練習

Vi**v**ian 薇薇安（人名）　　fi**v**e 五個　　**v**ast 巨大的　　**v**est 背心

W w

自然發音│w   K.K.音標│w

口　訣

發音類似「嗚」，冬天的風「嗚～嗚～嗚～」。

例　句

In the winter, Winnie the Pooh will win wine in the wind.
在這個冬季，小熊維尼將贏得風中的酒。

發音練習

winter 冬天　　Winnie 維尼（人名）　　will 將;將要　　win 贏

wine 酒　　wind 風

X x

自然發音│k s   K.K.音標│k s

口　訣

牛沒水喝，渴死渴死。

例　句

Box six is for the fox and the ox.
六號箱子是為了要給狐狸和牛。

發音練習

box 箱子　　six 六個　　fox 狐狸　　ox 牛

M
P
3

Y y　　自然發音｜y　　K.K. 音標｜j

口　訣

發音類似「耶」的音，Yes！Yes！Yes！耶！耶！耶！

例　句

The young man yells and plays a yellow yo-yo.
這年輕人大叫著玩黃色的溜溜球。

發音練習

young 年輕的　　**y**ell 叫喊　　**y**ellow 黃色的；黃色

yo-**y**o 溜溜球

Z z　　自然發音｜z　　K.K. 音標｜z

口　訣

類似中文「ㄗ」加「ㄖ」的音，z 常代表睡覺的符號。

例　句

The zip code of the zebra at the zoo is zero zero zero.
在這個動物園，斑馬的郵遞區號是 000。

發音練習

zip 拉鍊　　**z**ip code 郵遞區號　　**z**ebra 斑馬　　**z**oo 動物園

zero 零

Lesson 2

短母音篇

先學短母音，後學長母音

　　開始學習母音時，我們要先了解：母音都是有聲的音。當單字中只有一個母音，也就是沒有其他母音的單音節時，這個單字的母音一定是短母音，我們用個有趣的口訣來記這個規則——母親通通都會生，所以母音通通都有「聲」（生→聲）；但母親們常會彼此一較長短，所以母音會有長短母音之分。如此一來，就可以很快記住了。

先短後長，
先學短母音。

短母音

　　以英文為母語的歐美國家裡，學生是不學K.K.音標的，所以a、e、i、o、u的短音，歐美國家當地不加任何其他音標符號，而是以自然的a、e、i、o、u短音來教導發音。在自然發音法的字典表中，也同樣單純地以 ǎ、ě、ǐ、ǒ、ǔ 表示（或直接用 a、e、i、o、u 表示即可），不用另外背誦K.K.音標。不過，對照K.K.音標時，就可以發現：ǎ（a）=【æ】^{kk}，ě（e）=【ɛ】^{kk}，ǐ（i）=【ɪ】^{kk}，ǒ（o）=【ɑ】^{kk}，ǔ（u）=【ʌ】^{kk}。

　　短母音的發音十分規律，很容易記住與運用。進入此單元時，請聽MP3多加練習，切記一定要對照書本，跟著老師多唸幾次後，再進入下一個單元，學習效果會更棒喔！

孤單又命短的母親。

短母音：a、e、i、o、u

必記口訣 這個母親孤零零一個人，既孤單又命「短」。

短母音 **a**　　　自然發音│ǎ　　　K.K. 音標│æ

說　明

單字中只有一個母音發短音。

發音練習 母音位於**字首**

ad 廣告	ant 螞蟻	as 當	ask 問	ax 斧頭
add 增加	apt 傾向於	ass 驢	and 和	act 行為

發音練習 母音位於**字中**

bad 壞的	band 樂隊	dad 爸爸	had 有（過去式）
hand 手	land 土地	mad 生氣的	pad 護墊
sad 傷心	sand 沙子	bag 袋	nag 嘮叨
rag 破布	tag 標籤	ban 禁令	can 能
fan 扇子	man 男人	pan 平底鍋	ran 跑（過去式）
tan 棕褐色的	van 小型貨車	cap 帽子	gap 縫隙
map 地圖	nap 小睡	tap 輕敲	bat 蝙蝠
cat 貓	fat 胖的	hat 帽子	mat 蓆墊
pat 輕拍	rat 老鼠	sat 坐（過去式）	gas 汽油
has 有	pass 通過	fax 傳真	tax 稅金
wax 蠟	camp 露營	lamp 檯燈	

MP3

032

短母音 e   自然發音 | ě   K.K. 音標 | ɛ

說　明

單字中只有一個母音發短音。

發音練習 母音位於**字中**

bed 床	fed 餵（過去式）	led 引導（過去式）	red 紅色
wed 結婚	beg 請求	leg 腿	Meg 梅格（人名）
peg 釘；栓	Ben 班（人名）	den 洞窟	dent 凹痕
hen 母雞	pen 筆	ten 十	men 男人（複數）
best 最好的	lest 以免	nest 鳥巢	pest 害蟲
test 測試	vest 背心	west 西方	rest 休息
bet 打賭	let 讓	jet 噴射機	get 得到
met 遇到（過去式）	net 網	pet 寵物	sex 性別
next 下一個的	text 正文		

短母音 i   自然發音 | ǐ   K.K. 音標 | ɪ

說　明

單字中只有一個母音發短音。

發音練習 母音位於**字首**

ill 生病的	ink 墨水	is 是	it 它

did 做（過去式）	bill 帳單	kid 小孩	lid 蓋子
big 大	dig 挖	fig 無花果	Mig 米格戰鬥機
pig 豬	wig 假髮	wish 希望	hill 小山丘
kill 殺	fill 填滿	mill 磨	pill 藥丸
till 直到	will 將會	kick 踢	pick 挑選
sick 生病的	link 連結	pink 粉紅色	rink 溜冰場
sink 水槽	wink 眨眼	fin 魚鰭	Lin 林（姓）
kin 親戚	pin 別針	sin 罪	twin 雙胞胎
win 贏	bin 垃圾箱	hip 臀部	zip 拉鍊
lip 嘴唇	whip 鞭打	dip 浸泡	his 他的
this 這個	kiss 親吻	miss 錯過；想念	hit 打；擊
kit 一套工具	quit 停止	wit 才智	fix 修理
mix 混合	six 六		

i 與 y 同一家！

MP3

半母音 **y**　　　自然發音 ｜ ǐ　　　K.K. 音標 ｜ ɪ

驚奇發現

　　i 與 y 同一家，y 不在字首時，y 與 i 發音規則相同，多音節且以 i 的短音 / ǐ / =【ɪ】ᵏᵏ 作結束時，單字字尾幾乎都是 y 字母結尾，而不是 i 結尾。

　　字母順序上，y 比 i 置於更後面，所以當尾音 i 發短音 / ǐ /，通常拼音是 y，而不是 i。

　　此規則熟悉之後，大家往後在背單字時，只要靠著正確的發音，就能正確拼出 y 結尾的單字了。

發音練習

twenty 二十　　　　thirty 三十　　　　　thirsty 口渴的

melody 旋律　　　　Wendy 溫蒂（人名）

funny 滑稽的　　　　sunny 晴天的　　　　Tommy 湯米（人名）

短母音 **o**　　　自然發音 ｜ ǒ　　　K.K. 音標 ｜ ɑ

說　明

　　單字中只有一個母音發短音。

發音練習 母音位於**字首**

object 物體　　　often 時常　　　on 在……上　　　ox 公牛

job 工作	mob 暴民	nob 球形把手	Bob 鮑伯（人名）
sob 啜泣	God 神	nod 點頭	rod 棍杖
clock 時鐘	lock 鎖	mock 嘲弄	rock 岩石
sock 襪子	cop 警察	mop 拖把	pop 流行樂
sop 吸去	top 頂端	cot 鄉下小屋	dot 點
got 得到（過去式）	hot 熱的	lot 很多	not 不
pot 鍋子	rot 腐爛	box 盒子	fox 狐狸

短母音 u

自然發音｜ŭ　　　K.K. 音標｜ʌ

說明

單字中只有一個母音發短音。

發音練習 母音位於**字首**

up 上	us 我們

發音練習 母音位於**字中**

bud 花苞	mud 泥土	tub 浴缸	bug 小蟲	hug 擁抱
mug 馬克杯	rug 地毯	bunch 串	lunch 午餐	much 多
such 如此	duck 鴨子	luck 運氣	suck 吸吮	cup 杯子
pump 抽水機	jump 跳躍	but 但是	cut 切	hut 小屋
nut 堅果	bus 公車	buzz 嗡聲	fuzz 絨毛	dust 灰塵
bust 半身像	lust 性慾	must 必須		

Lesson 3

長母音篇

長母音：
先入為主，伊不說話

　　發 a、e、i、o、u 等長音時，自然發音法不使用其他音標符號，而以原本的英文字母 a、e、i、o、u 等長母音直接發音，這些長母音在自然發音的字典中，是以 ā、ē、ī、ō、ū 表示，讀者不須另外背誦 K.K. 音標。若是已經學過 K.K. 音標的讀者，只要了解 ā =【e】^{kk}、ē =【i】^{kk}、ī =【aɪ】^{kk}、ō =【o】^{kk}、yōō =【ju】^{kk}，就能順利記住這些發音。

　　進入長母音的學習內容時，最重要的記憶技巧在於「先入為主，伊不說話」。「先入為主」代表：當一個單字中，先出現的母音發的是長母音的「本音」（即「字母音」），後面的伊（字尾的 e）則不發音。

先入為主，伊不說話。

MP3

長母音：a、e、i、o、u

必記口訣 先入為主，伊（e）不說話。

長母音：a

長母音 **a**　　　　自然發音｜ā　　　K.K. 音標｜e

說　明

字尾「e」不發音，a 唸長音（本音）/ ā / =【e】^kk。

發音練習 母音位於**字首**

ace（撲克牌，骰子等的）一點　　　age 年齡

發音練習 母音位於**字中**

fade 褪色	jade 翡翠；玉	wade 跋涉	made 製造（過去式）
bake 烤	cake 蛋糕	fake 偽造	Jake 人名
lake 湖泊	make 製造	quake 地震	rake 耙子
sake 緣故	take 拿；握	wake 醒來	flake 薄片
snake 蛇	male 男性	pale 蒼白的	sale 賣；銷售

tale 故事	came 來（過去式）	dame 女士	fame 聲譽
game 遊戲	lame 跛腳的	name 名字	same 相同的
tame 溫馴的	cape 披肩	gape 呵欠	nape 後頸
tape 錄音帶	base 基礎	case 事件	vase 花瓶
chase 追求	haste 急速	paste 漿糊	taste 味道
waste 浪費	date 日期	fate 命運	gate 大門
hate 恨	Kate 凱特（人名）	late 遲；晚	mate 同伴
rate 比例	cave 山洞	gave 給（過去式）	pave 鋪設
save 節省	wave 波浪	daze 目眩	gaze 瞪視
maze 迷宮			

a 發長音 / ā /，
e 不說話。

MP3

-ai-

自然發音│ā   K.K. 音標│e

驚奇發現

後面 i 不發音，a 唸長音（本音）/ā/＝【e】^{kk}，ai 幾乎都置於字中。

發音練習 母音位於**字中**

laid 放置（過去式）   maid 侍女   paid 付（過去式）   main 主要的

pain 疼痛   rain 雨   vain 徒勞的   faint 昏厥

paint 畫；漆   saint 聖徒   bait 餌   wait 等待

bail 保釋金   fail 失敗   hail 歡呼   jail 監獄

mail 郵件   nail 指甲   pail 桶子   rail 欄杆

tail 尾巴   snail 蝸牛

i 不發音，a 唸長音
（本音）/ā/。

-ay-

自然發音 | ā   K.K. 音標 | e

　　i 與 y 本一家，當 y 未置於字首時，發音規則與 i 相同。所以，以下的 ay 發音與前文的 ai 是一樣的，即 y 半母音在後不發音，a 唸本音（長音）/ ā / =【 e 】^{kk}，ay 與 ai 不同，ay 一定是字尾。

發音練習 母音位於**字尾**

bay 海灣	day 日;天	gay 同性戀	hay 乾草	lay 放置
may 可能	May 五月	pay 支付	ray 光線	say 說
way 方法	clay 黏土	play 玩	slay 殺害	gray 灰色
sway 搖擺				

a 發 / ā / 的音，
i、y 不發音。

M P 3

長母音：e

長母音 **e**　　　自然發音｜ē　　　K.K. 音標｜i

字尾有「e」不發音，前面的 e 發長音（本音）/ ē / =【i】kk。

發音練習 母音位於**字首、字中**

Pete 彼特（人名）　　Eve 伊芙（人名）　　compete 比賽　　delete 刪除

前面 e 發 / ē /，
後面 e 不發音。

-ey

自然發音 | ē　　K.K. 音標 | i

說　　明

y（半母音）不發音，而 e 唸長音（本音）/ ē / = 【i】 kk 。

發音練習　母音位於**字尾**

key 鑰匙　　　　monkey 猴子　　　donkey 驢子

valley 山谷　　　honey 蜂蜜　　　money 錢

前面 e 發 / ē /，
後面 y 不發音。

MP3

-ee

自然發音｜ē   K.K. 音標｜i

說　明

字尾的「e」不發音，而 e 唸長音（本音）/ ē / ＝【 i 】kk。

發音練習　母音位於**字中**

need 需要	feed 餵	seed 種子	teens 青少年
beep 嗶嗶聲	deep 深的	jeep 吉普車	keep 保留
peep 偷看	sleep 睡覺	weep 哭泣	eel 鰻;鱔
feel 感覺	heel 後腳跟	peel 剝皮	reel 捲筒
leek 韭菜	meek 溫順的	peek 偷看	seek 尋覓
week 星期	breeze 微風	freeze 冰凍	sneeze 噴嚏

發音練習　母音位於**字尾**

bee 蜜蜂	fee 費用	see 看見	wee 極小的
flee 逃走	free 自由的		

-ea-　　自然發音│ē　　K.K. 音標│ i

說　明

後面的 a 不發音，前面的 e 唸長音（本音）/ē/＝【i】^kk。

發音練習　母音位於**字中、字尾**

pea 豌豆	sea 海	tea 茶	flea 跳蚤
beak 鳥喙	leak 漏洞	peak 山頂	weak 弱的
bleak 荒涼的	deal 處理	heal 治癒	meal 餐
real 真實的	seal 海豹	veal 小牛肉	zeal 熱心
bean 豆	dean 學院院長	jeans 牛仔褲	lean 瘦的
mean 意義	clean 清潔	heap 堆積	leap 跳;躍
reap 收割	lease 租約	beat 敲打	feat 功績
heat 熱	meat 肉類	neat 整齊的	peat 泥煤
seat 座位			

前面的 e 發 /ē/，
後面的 a 不發音。

MP3

長母音：i

長母音 **i**　　自然發音│ ī　　K.K. 音標│aɪ

說　明

　　當字尾的「e」不發音，子音前面的 i 發長音（本音）/ ī / =【 aɪ 】^{kk}。

發音練習　母音位於**字中**

ride 騎；乘	side 旁邊	tide 潮流	wide 廣闊的
bride 新娘	glide 滑動	pride 驕傲	slide 滑動
file 檔案	mile 英里	Nile 尼羅河	pile 堆疊
tile 瓦片	smile 微笑	dine 用餐	fine 好的
line 線	mine 我的	nine 九	pine 松樹
vine 葡萄藤	bike 腳踏車	life 生命	hike 健行
wife 妻子	like 喜歡	Mike 麥克（人名）	ripe 成熟
pipe 管子	wipe 擦拭	dive 跳水	five 五
hive 蜂巢	die 死亡	lie 躺臥；說謊	pie 餡餅
tie 領帶			

字尾 e 不發音，前面 i
發長音 / ī / =【 aɪ 】^{kk}。

例外 i

自然發音│ĭ　　K.K. 音標│ɪ

說　明

　　i 在單字有 e 在後不發音時，有時會例外發其短音 / ĭ / =【ɪ】^{kk}。（但發音練習中的單字 live，當形容詞用時，意思為「現場的」，i 則發 i 的長音 / ī / =【aɪ】^{kk}。）

發音練習　母音位於**字中**

give 給予　　live 住;活（動詞）

-ild

自然發音│īld　　K.K. 音標│aɪld

說　明

　　i 後面接「ld」的情形，i 發長音（本音）/ ī / =【aɪ】^{kk}。

發音練習　母音位於**字中**

mild 溫和的　wild 野生的　child 小孩

-ind
自然發音│ ī nd　　K.K. 音標│aɪnd

說　明

　　i 後面接「nd」的情形，i 發長音（本音）/ ī / =【aɪ】kk。

發音練習　母音位於**字中**

bind 綑綁　　find 發現　　hind 在後的　　kind 仁慈的

mind 介意;心　wind 纏繞　blind 瞎的　　grind 磨碎

長母音:o

長母音 **o**
　　　　　　自然發音│ ō 　　K.K. 音標│o

說　明

　　字尾的「e」不發音，前面的 o 發長音（本音）/ ō / =【o】kk。

字尾 e 不發音，
前面的 o 發 / ō /。

lobe 耳垂	robe 長袍	code 代碼	mode 樣式
rode 騎（過去式）	coke 可樂	joke 笑話	woke 醒來（過去式）
poke 戳	yoke 牛軛	smoke 煙	dole 賑濟
hole 洞穴	mole 痣；鼴鼠	pole 撐竿跳	role 角色
bone 骨頭	cone 圓錐	lone 孤單	tone 聲調
zone 區域	clone 複製品	cope 對付	dope 麻藥
hope 希望	Pope 教皇	rope 繩索	hose 水管
nose 鼻子	pose 姿勢	rose 玫瑰	close 關上
pose 姿勢			

例外 o

自然發音 | ǔ   K.K. 音標 | ʌ

說明

當 o 後面接 m、n 或 v 時，常會將 o 唸成短音 / ǔ / =【ʌ】[kk]。

發音練習

dove 鴿	love 愛	glove 手套
above 在……之上	come 來	some 一些
done 做（過去分詞）	none 全無	son 兒子

M P 3

-oa-

自然發音｜ō　　K.K. 音標｜o

說　明

在這些單字中，後面的a不發音，o則是發長音（本音）/ō/ =【o】kk。

發音練習 母音位於**字首、字中**

oat 燕麥	boat 小船	coat 外套
goat 山羊	bloat 膨脹；燻製	float 漂浮
coal 煤	goal 目標	boast 誇口
coast 海岸	roast 烤肉	toast 烤麵包
load 負擔；裝載	road 道路	toad 癩蛤蟆
soak 浸漬	cloak 斗篷	foal 小馬

-ou-

自然發音｜ō　　K.K. 音標｜o

驚奇發現

在單字中的 u 不發音，前面的 o 發長音（本音）/ō/ =【o】kk。（以下單字中的 gh 不發音。）

發音練習 母音位於**字中**

dough 麵糰	doughnut 甜甜圈	though 雖然

-ow-　自然發音 | ō　　K.K. 音標 | o

驚奇發現

　　w與u同一家，w半母音不發音，則「o」發長音（本音）/ō/ =【o】^{kk}。

發音練習　母音位於**字尾**

low 低	blow 吹	flow 流	slow 慢
follow 跟隨	pillow 枕頭	shallow 淺的	shadow 陰暗處
window 窗戶	widow 寡婦	yellow 黃色	arrow 箭
borrow 借			

w 與 u 同一家。

-old

自然發音 | ōld   K.K. 音標 | old

說　明

　o 發長母音 / ō / = 【o】 kk 。

發音練習 母音位於**字中**

old 年老的　　　　bold 大膽的　　cold 冷的　　　　fold 摺疊

gold 黃金　　　　hold 握　　　　mold 模型　　　sold 賣（過去式）

told 說（過去式）　scold 責罵

-oll

自然發音 | ōl   K.K. 音標 | ol

說　明

　o 發長母音 / ō / = 【o】 kk 。

發音練習 母音位於**字中**

poll 投票　　　roll 滾動　　　toll 通行費　　　scroll 捲軸

長母音：u

長母音 **u**　　自然發音 | yo͞o　　K.K. 音標 | ju

先入為主，當單字中長母音 u 在前面且字尾有 e，或 u 後面跟著 i 時，e 或 i 不發音，而 u 則發長音（本音）/ yo͞o / ＝【ju】^{kk}。

發音練習 母音位於**字中，單字字尾有 e**

cube 立方體	tube 管；筒	duke 公爵
use 用	fuse 導火線	cute 可愛
mute 啞巴；靜音	nude 赤裸；裸體	cue 提示
due 到期的	June 六月	tune 音調

發音練習 母音位於**字中，u 後面跟著 i**

juice 果汁

MP3

長母音 u 自然發音 | o͞o K.K. 音標 | u

先入為主，當單字中長母音 u 在前面且字尾有 e，或 u 後面跟著 i 時，e 或 i 不發音，但 u 前面的字母為 l、r、s 時，則發 / o͞o / ＝【u】 kk，而不發 / yo͞o / ＝【ju】 kk。

發音練習 母音位於**字中，單字字尾有 e**

crude 未加工的	rude 無禮	prude 老古板
Sue 蘇（人名）	flute 長笛	blue 藍色
glue 膠水	clue 線索	true 真實的

發音練習 母音位於**字中，u 後面跟著 i**

bruise 瘀青	cruise 巡航	fruit 水果	suit 西裝

I YOO!

前面的 u 發 / o͞o / 、/ yo͞o /，
後面的 e 不發音。

後來居上的長母音

後來居上，以後來的母音為主。

當一個單字中有兩個母音，但前面的母音不發音，而是以後面的母音為主時，我們就叫做後來居上的長母音。

-ea-　　自然發音｜ā　　K.K. 音標｜e

說　明

前面的 e 不發音，後面的 a 讀長音（本音）/ ā / =【e】kk。ea的組合，變化最為複雜，可發 e 或 a 的長音或短音，發 a 的長音 / ā / =【e】kk 的情形出現的比例很少。

發音練習　母音位於字中

great 好的；棒的　　　　break 打破　　　　steak 牛排

後來居上，
以後來的母音為主。

MP3

-ie-

自然發音｜ē　　K.K. 音標｜i

驚奇發現

　　單字中間有 ie，但前面的 i 不發音，後面的 e 讀長音（本音）/ ē / = 【i】ᵏᵏ。ie 類似「阿姨」的音，阿姨來到中間，竟然後來居上。

發音練習 母音位於**字中**

niece 姪女；外甥女　　piece 塊；片　　brief 大意；簡短

chief 主要的；首長　　grief 憂傷　　thief 小偷

field 田野；運動場　　yield 產生效益　　shield 盾牌

-ew

自然發音｜yo͞o　　K.K. 音標｜ju

驚奇發現

　　字尾 ew，其前面的 e 不發音，w 與 u 同一家，後面的半母音 w 讀長音（本音）/ yo͞o / = 【ju】ᵏᵏ。

發音練習 母音位於**字尾**

new 新的　　dew 露珠　　few 很少的

knew 知道（過去式）　　pew 教會的座席　　mew 貓叫聲

nephew 姪子；外甥　　chew 嚼

-ew
自然發音 | o͞o 　　K.K. 音標 | u

驚奇發現

　　字尾 ew，其前面的 e 不發音，w 與 u 同一家，後面的半母音 w 讀長音（本音）/ o͞o / =【u】kk。若遇到 ew 前面的字母為 l、r、s 時，不發 / yo͞o / =【ju】kk，改發 / o͞o / =【u】kk。

發音練習 母音位於**字尾**

blew 吹（過去式）　　brew 釀造　　　　crew 工作人員

screw 螺旋　　　　　flew 飛（過去式）　grew 成長（過去式）

threw 投擲（過去式）

-ou-
自然發音 | o͞o 　　K.K. 音標 | u

驚奇發現

　　在單字中，o 不發音，而後面的 u 讀長音（本音）/ o͞o / =【u】kk。

發音練習 母音位於**字中**

soup 湯　　　　　you 你　　　　youth 青年

group 團體　　　　wound 傷害　　through 穿過

M P 3

一個母音自己結尾

必記口訣 簡短一聲，母親自己結尾。

當單字只有一個母音為單音節，並以母音作結束時，母音常發自己的本音（長音）。

長母音 **-e**　　自然發音｜ē　　K.K. 音標｜i

說　明

當單字只有一個母音為單音節，並以 e 作結尾，則發 e 的長音（本音）/ ē / =【i】^{kk}。

發音練習 母音位於**字尾**

he 他　　　she 她　　　we 我們　　　me 我

簡短一聲，
母親自己結尾。

長母音 **-i**　　自然發音│ī　　K.K. 音標│aɪ

說　明

當單字只有一個母音為單音節，並以 i 作結尾，則發 i 的長音（本音）/ ī / =【aɪ】kk。

發音練習 母音位於**字尾**

hi 嗨　　　　　sci-fi 科幻小說　　　　hi-fi 高傳真度

長母音 **-y**　　自然發音│ī　　K.K. 音標│aɪ

驚奇發現

當單字只有一個母音為單音節，並以 y 作結尾（i 與 y 同一家），則發 i 的長音（本音）/ ī / =【aɪ】kk，y 幾乎都置於字尾，i 則通常不置於字尾，除非是非常少數的例外。

發音練習 母音位於**字尾**

by 在旁　　my 我的　　cry 哭　　　dry 乾的　　fly 飛

fry 油炸　　pry 撬起　　shy 羞怯的　sky 天空　　sly 狡猾的

spy 間諜　　try 嘗試　　why 為什麼

i 與 y 同一家！

MP3

長母音 **-O**　　　　自然發音｜ō　　　K.K. 音標｜o

　　當單字只有一個母音為單音節，並以 o 作結尾，則發 o 的長音（本音）/ ō / =【o】kk。

發音練習　母音位於**字尾**

go 去　　　　so 那麼　　ho 喜悅的聲音　　Po 義大利波河

yo-yo 溜溜球

例外
長母音 **-O**　　自然發音｜ōō　　K.K. 音標｜u

說　明

　　當單字只有一個母音為單音節，並以 o 作結尾，有個例外的情形，o 發 u 的長音 / ōō / =【u】kk。

發音練習　母音位於**字尾**

do 做　　　　to 到　　　two 二　　　who 誰

Lesson 4

兩個字母的子音

愛亂交朋友的何先生：Ｈh

　　h 的發音為「何」，所以 h 這個音被大家稱為何先生。他和許多朋友常攪和在一起，有 c、s、t、g、p、w 這麼多個朋友，不過因為何先生跟朋友在一起時，總是跟在人家後面而失去自我，甚至還忘了自己叫做「何」先生，所以我們叫他是愛亂交朋友的何先生。

最愛交朋友的何先生。

MP3

H h

자연發音 | h 　　 K.K. 音標 | h

口　訣

h 先生姓「何」，所以 / h / 發音為「何」。

發音練習

ham 火腿	**h**and 手	**h**ate 恨	**h**ay 乾草
hear 聽見	**h**elp 幫助	**h**ere 這裡	**h**is 他的
hip 臀部	**h**it 打；擊	**h**ole 洞穴	**h**ome 家
hop 跳	**h**ope 希望	**h**ot 熱的	**h**unt 狩獵

ch

自然發音 | ch 　　 K.K. 音標 | tʃ

口　訣

h 先生與 c 小姐一起出門去，ch 在一起發「去」。

說　明

　　ch 的發音以類似「去」的 / ch / =【tʃ】kk 為最多，但有時 ch 會不規則地發 / k / =【k】kk 音。而當它出現在原為法語的外來語時，就常發 / sh / =【ʃ】kk。

ch 字母位於**字首**

Chen 陳（姓） chain 鏈子　　chair 椅子　　change 改變

chat 聊天　　cheap 便宜的　chess 西洋棋　child 小孩（單數）

chick 小雞　　chin 下巴　　chip 碎片　　chop 砍；劈

church 教堂

ch 字母位於**字中**

teacher 老師　kitchen 廚房　exchange 交換；匯兌

ch 字母位於**字尾**

beach 海灘　　bench 長凳子　　bunch 一束；一串

each 每一個　　inch 英吋　　lunch 午餐

much 很多的　　munch 用力咀嚼　peach 桃子

rich 富有的　　sandwich 三明治　teach 教

such 如此　　catch 抓住；趕上　match 火柴；競賽

witch 巫婆

h 先生與 c 小姐
一起出門「去」。

MP3

例外 ch

自然發音｜k　　K.K. 音標｜k

口　訣

ch 在一起，如果得「去學校」，就「咳咳咳」（k k k）個不停。

驚奇發現

若單字中有 ch，且與學校或專業技術有關時，常會發 / k / ＝【k】^{kk} 的音。

發音練習

chord 和音　　　school 學校　　　cholera 霍亂

chemistry 化學　character 性格　　technology 科技

mechanic 技師　　architect 建築師　psychology 心理學

看到學校，ch 就
發 / k / =【k】^{kk}。

例外 ch 自然發音│sh   K.K.音標│ʃ

說　明

　　少數 ch 會發 / sh / ＝【ʃ】ᵏᵏ。法國人講究浪漫享受，且法國以法文為尊，某些有 ch 字母的英文單字發 / sh /，是因為這些單字是出自法語的外來語，因為拼音方式與英語略有不同，以英語為母語的人，甚至常忘記如何正確拼出這些原是外來語的單字。

發音練習

champagne 香檳　　chauffeur 私人司機　　　chef 主廚；大師傅

chandelier 華麗的吊燈　　chauvinist 盲目愛國者；沙文主義者

ch 是法語的外來語時，
常發 / sh / ＝【ʃ】ᵏᵏ。

MP3

sh

自然發音│sh   K.K. 音標│ʃ

　　何先生被看到跟 s 小姐走在一起，對朋友說：「別說出去！噓！噓！噓！」sh 發「噓」的音。

驚奇發現

　　英文 sh 發音的嘴型不用像中文「噓」那樣嘟出嘴巴，英文的 sh 發音嘴型較扁一些。

發音練習 sh 字母位於**字首**

she 她	shake 搖動；擺動	shape 形狀
shave 刮鬍子	sheep 綿羊	sheet 紙張；床單
shell 貝殼	shine 發亮；照耀	ship 船
shirt 襯衫	shock 衝擊	shop 店鋪
shot 射擊（過去式）	shut 關閉	shy 害羞的

發音練習 sh 字母位於**字尾**

ash 灰	cash 現金	dash 短跑；破折號	dish 碟；盤
gush 噴；湧	lash 鞭條	rush 衝；催促	wish 希望

看到 sh 走在一起，
就要「噓！」

th

自然發音｜th　　**K.K. 音標**｜θ

口　訣

何先生最近認識了 t 小姐，又動心了，不好意思地「吐吐舌頭」，所以 th 發音時要伸出舌頭。

說　明

發 th 的「無聲子音」時，切記舌頭一定要伸出來，舌頭要扁，發出類似「ㄥ」的音。

發音練習　th 字母位於**字首**

thank 感謝	theater 電影院	theme 主題	Thursday 星期四
thick 厚的	think 想	thin 薄的	thing 東西
third 第三	thirty 三十	thirsty 口渴	

發音練習　th 字母位於**字尾**

bath 洗澡	Beth 貝絲（人名）	birth 誕生
booth 電話亭	both 兩者	cloth 布料
fifth 第五	fourth 第四	math 數學
moth 蛾	north 北方	
path 小路；途徑	tooth 牙齒（單數）	
teeth 牙齒（複數）	with 與……一起	

th 在一起，不好意思
地「吐吐舌頭」。

MP3

th

自然發音 | t̶h̶ 　　K.K. 音標 | ð

何先生最近認識了 t 小姐，又動心了，不好意思地「吐吐舌頭」，所以 th 發音時要伸出舌頭。

說　　明

發 th 的「有聲子音」時，切記舌頭一定要伸出來，舌頭要扁，發出類似「ㄌ」的音。

發音練習 th 字母位於**字首**

the 定冠詞	**th**at 那個	**th**an 比⋯⋯較（連接詞）
their 他們的	**th**em 他們	**th**en 然後；那麼
there 那裡	**th**ese 這些	**th**ey 他們
this 這個	**th**ose 那些	

發音練習 th 字母位於**字中**

bo**th**er 煩惱	bro**th**er 兄弟	fa**th**er 父親
ga**th**er 聚集	mo**th**er 母親	toge**th**er 一起

gh

自然發音｜不發音　　K.K. 音標｜不發音

口　訣

何先生太博愛，又跟 g 小姐在一起，很怕人知道，所以都走在 g 小姐後面，兩人靜悄悄、不說話，所以 gh 不發音。

說　明

g 和 h 在一起，靜悄悄、不發音。

發音練習

high 高的

right 對的；權力；右邊

might 可能；力量

bright 明亮的；鮮豔的

flight 飛行

night 夜晚

light 燈光；輕的；淡的

sight 視力；看見

slight 輕微的

gh 在一起，
靜悄悄、不發音。

M
P
3

gh 自然發音 | f　　K.K. 音標 | f

少數情況下，gh 發 / f / 的音。

cough 咳嗽　　　enough 足夠的　　　rough 粗糙的

tough 堅韌的　　laugh 笑

gh 自然發音 | g　　K.K. 音標 | g

少數情況下，gh 發 / g / 的音。

ghost 鬼　　　　spaghetti 義大利麵

ph

自然發音 | f　　K.K. 音標 | f

花心的何先生遇到 p 小姐後，終於想定下來，當 p 小姐的丈夫，所以 ph 發「夫」的音。

發音練習

phonics 語音學；拼音學　　photo 照片　　phoenix 鳳凰

alphabet 字母　　orphan 孤兒　　nephew 外甥

telephone=phone 電話　　elephant 大象

h 先生想當 p 小姐
的丈「夫」。

MP3

wh

自然發音 | hw   K.K. 音標 | hw

結婚之後，何先生遇見 w 小姐，又開始神魂顛倒。

說　明

　　wh 在一起，要顛倒發音，先發 h 音後再發 w 音。（但美國有些地區 wh 有時僅發 / w / 的音。）

　　wh 這樣的組合僅會放字首，不會放在字中或字尾。wh 開頭最常見的單字就是以 wh 開頭的疑問詞，通稱為「wh 疑問詞」：who、what、when、where、why、which、whose、how，但其中有兩個字發音例外，who 及 whose 這兩個字，w 不發音，僅發 h 的音。（how 這個字，h 發 h 的音。）

發音練習 wh 字母一定置於**字首**

whale 鯨魚	what 什麼	wheat 小麥	wheel 車輪
when 何時	where 何地	which 那一個	while 在……的時候
whine 發牢騷	whisper 低語	white 白色	whether 是否

wh 在一起，
就會神魂「顛倒」。

例外 wh　自然發音｜h　K.K. 音標｜h

說　明

　　八個「wh 疑問詞」中的兩個例外，who 及 whose 這兩個字，w 不發音，僅發 h 的音。

發音練習

who 誰　　whose 誰的

例外 s　自然發音｜zh　K.K. 音標｜zh

口　訣

　　看見 s 蛇腰小姐，何先生（h）似乎又偷偷在睡夢中（z z z）尾隨。

說　明

　　英文單字中雖無 zh 的拼字組合，但少數 s 字母會發 / zh / ＝【ʒ】^{kk} 的音，英文單字中發這個音的並不多，可透過電視「television」這個單字將這個例外發音記下來。

發音練習

exposure 暴露；揭發　　pleasure 愉快　　measure 測量

treasure 財寶　　decision 決定　　occasion 場合；盛典

television 電視　　casual 偶然的　　usual 通常的

M
P
3

Lesson 5

子音中的雙面人

雙面人子音：l、m、n、r

母音前後表現不同，所以叫做雙面人子音。

　　下面介紹的這四個子音 l、m、n、r，會因為位於母音前後而有兩種不同的發音，讀者可因其特色將其想像為孩子（子音）在母親（母音）的面前或背後的表現不同。所以我給這四個子音一個外號，稱為「雙面人子音」。

L l
自然發音 ｜ l　　　K.K. 音標 ｜ l

說　明

　　l 在母音前：只有一個筆畫，最好寫，真是樂樂樂！類似中文「ㄌ」的音。

　　l 在母音後：不發「ㄌ」，發類似「ㄡ」的音，注意舌頭在齒後上揚，但舌頭位置跟發位於母音前的 l「ㄌ」相同。

發音練習　子音在**母音前**

lap 大腿	last 最後的	lake 湖	late 遲的
leg 腿	let 讓……	lie 躺臥；說謊	life 生命
lion 獅子	line 線；排；行	lip 嘴唇	list 名單；表
log 原木塊	lot 很多		

MP3

feel 感覺　　jail 監獄　　mail 郵寄;郵件

nail 指甲　　sail 帆船　　tail 尾巴

bell 鈴;鐘聲　　bill 帳單;帳款　　doll 洋娃娃

dull 陰沉的　　hill 小山　　sell 賣;銷售

tell 告訴　　well 健康的;很好的　　will 將會

yell 叫喊

M m　　自然發音 | m　　K.K. 音標 | m

說　明

m 在母音前:發麥當勞「ㄇㄞˋ」的「ㄇ」。

m 在母音後:吃完了之後雙唇緊閉「mm ...」發出很好吃的聲音。

發音練習　子音在**母音前**

mad 瘋的;生氣的　　maid 侍女　　man 男人(單數)　　map 地圖

mask 面具　　mat 墊子;草蓆　　mile 英里

miss 錯過;想念　　mud 泥土　　mute 啞巴;靜音

發音練習　子音在**母音後**

gum 口香糖　　ham 火腿　　him 他(受格)　　hum 嗯哼(聲音)

jam 果醬　　mom 媽媽　　plum 李子　　Sam 山姆(人名)

N n

自然發音 | n   K.K. 音標 | n

說　明

n 在母音前：發音類似中文「ㄋ」的音。

n 在母音後：發音類似 n 的本音，類似中文「ㄣ」的音。

發音練習　子音在**母音前**

name 名字　　　nap 小睡　　　neck 脖；頸　　　need 需要

nest 鳥巢　　　net 網子　　　nine 九

發音練習　子音在**母音後**

bench 長凳	bean 豆子	bin 垃圾箱
bend 彎曲	bun 麵包	can 罐頭
den 洞穴	fan 扇子；愛好者	fin 魚翅
fun 樂趣；有趣的	hen 母雞	in 在……中
man 男人（單數）	men 男人（複數）	pan 平底鍋
pen 筆	pin 大頭針	rain 雨
run 跑	rent 租金	sun 太陽
ten 十	van 小型貨車	win 贏；成功

MP3

雙面人子音 n 遇到好朋友

　　雙面人子音 n 若遇到好朋友 g 和 k，發音會略有不同，必須加上一點鼻音，有點類似上大號的聲音。

n 遇到 g 和 k，
發音就會像上大號。

-ng-

自然發音 | ng　　**K.K. 音標** | ŋ

口　　訣

　　母音在前面，發音就會像上大號。

說　　明

　　ng 在一起，通常會發 / ng / 這個鼻音，這個鼻音跟雙面人子音 n 在母音後發 n 的本音類似，但要更加強、加長鼻子的共鳴音，類似我們上大號時出力發出的聲音。

bang 重擊	hang 懸掛	hung 懸掛（過去式）	king 國王
long 長的	ring 戒指	sing 唱	sang 唱（過去式）
song 歌曲	wing 翅膀	length 長度	swing 鞦韆

例外

-ng- 自然發音│ng　K.K. 音標│ŋg

口　訣

少數情形，ng 發音類似「嗯哥」。

說　明

　　剛才已經提過 ng 的發音方法，但少數有一些 ng 發長鼻音，跟在 n 後面的 g 還會明顯發出 / g / ＝【g】^{kk} 的音，所以和前面提到的發音有所不同。

發音練習

| anger 生氣 | finger 手指 | linger 徘徊 |
| longer 更長；更久的 | hunger 飢餓 | younger 較年輕的 |

MP3

-nk-

自然發音│ngk   K.K. 音標│ŋk

口　訣

母音在前面，發音就會像上大號。

說　明

nk 在一起，n 也同樣發 / ng / 這個鼻音，這個鼻音跟雙面人子音 n 在母音後發 n 的本音類似，但要更加強、加長鼻子的共鳴音，類似我們上大號時出力發出的聲音。

發音練習

bank 銀行   sank 沉沒（過去式）   tank 貯水器

ink 墨水   link 連接   pink 粉紅色

sink 沉沒   wink 眨眼   think 想；認為

wonk 認真賣力的人   donkey 驢子   sunk 沉沒（過去分詞）

R r

自然發音│r   K.K. 音標│r

說　明

r 是唯一捲舌的雙面人子音。因為 r 為捲舌音，所以發這個音時請認真地把舌頭捲起，如此發出的音才會比較正確。

r 在母音前：類似中文的「ㄇ」加上「ㄛ」，一定要記得捲舌。

r 在母音後：類似中文的「兒」，一定要記得捲舌。

子音在**母音前**

rabbit 兔子	ran 跑（過去式）	radio 收音機
rain 雨	rat 老鼠	ray 光線
read 閱讀	red 紅色	rib 肋骨
ride 騎;乘	rise 上升	rob 強奪;掠奪
robe 長袍	rock 岩石	rod 棍杖
rope 粗繩;纜繩	rose 玫瑰	run 跑

發音練習 子音在**母音後**

car 車子	jar 罐	chair 椅子	bear 熊	beer 啤酒
deer 鹿	pear 梨	door 門	four 四	

r 是捲舌雙面人。

MP3

Lesson 6

三娘教子

複習 / k / 與 / j / 的發音

　　c、k、ck 都唸 / k / 的音。子音 c 發 / k /，子音 k 發 / k /，ck 在一起的字母組合發音也是 / k /，因為英文的子音發音有「絕不重複發音」的規則，不像中文有疊字的情況，例如：輕飄飄、黑漆漆，所以像是 miss、egg 等英文單字，雖單字中的子音重複，但只發一次音。ck 字母的組合，只發一次 / k / =【k】^{kk} 的音，且 ck 不會置於字首。

C

自然發音 | k 　　 K.K. 音標 | k

說　明

發類似中文「ㄎ」的音。

發音練習

cab 計程車	cub 幼獸	camp 帳篷	cod 鱈魚
cube 立方體	can 能	cut 切割	cap 帽子
cold 冷的	cute 可愛的		

k

自然發音 | k   K.K. 音標 | k

說　　明

發類似中文「ㄎ」的音。

發音練習

kangaroo 袋鼠	kettle 茶壺	key 鑰匙	kid 小孩
kill 殺死	kind 仁慈的	king 國王	kiss 親吻
kite 風箏	oak 橡樹	soak 浸漬	desk 桌子
peek 偷看	seek 尋覓	week 星期	weak 虛弱
book 書	cook 煮	hook 鉤	look 看

ck

自然發音｜k　　　**K.K. 音標**｜k

驚奇發現

　　英文的子音發音絕不重複發音，所以 ck 在一起，只發一次 / k / 的音。注意，ck 前的母音一定是短母音，也就是說，短母音之後緊接著發 / k / 的音，拼字一定是 ck，不是單有 c，也不是單有 k。（唯一的一個例外就是「picnic 野餐」這個單字。）

發音練習

-ack

back 背面	black 黑色的	crack 裂縫	lack 缺少	Jack 傑克
pack 盒	sack 一袋	snack 點心	quack 鴨叫聲	

-eck

check 檢查	deck 甲板	neck 頸

-ick

chick 小雞	click 卡嗒聲	kick 踢	lick 舔
pick 挑選	quick 快的	sick 生病的	tick 滴答聲

-ock

clock 時鐘	dock 船塢	lock 鎖	rock 岩石
shock 衝擊	sock 短襪		

MP3

-uck

buck 吹牛　　duck 鴨子　　luck 運氣　　stuck 黏（過去式）

suck 吸吮

j

自然發音｜j　　**K.K. 音標｜**dʒ

說　明

　　自然發音中，/ j / 是 / d / ＋ / zh / 的結合，類似中文「借」、「居」的音。除了字母 j 發 / j / 之外，ge、gi、gy 中的 g 亦軟化唸 / j /，下一個單元馬上就會學習到。

發音練習

jacket 夾克	jade 翡翠；玉	jail 監獄	jam 果醬
jar 罐	job 工作	jog 慢跑	joke 笑話
juice 果汁	junior 年少者	June 六月	July 七月
jump 跳躍	junk 垃圾；廢物	just 恰好；正義的	jeans 牛仔褲

母親軟化孩子：
i、e、y 軟化前面的 c 與 g

必記口訣 **三娘教子，母親能軟化孩子。**

　　這一個單元我們要學習的是：當子音 c 和 g 碰到三個母音（三娘），也就是 i、e、y 三個母音時的發音規則與變化。

　　可以把 c 和 g 當作兩個硬脾氣的孩子，原本多發硬音（c 發 / k /，g 發 / g /），只有遇到「三娘教子」的情況，才會軟化，c 發 / s /、g 發 / j /。（/ j / 的發音類似中文「借」、「居」的音。）

　　所以，c 和 g 什麼時候發例外的音呢？就是遇到三個母音 i、e、y 的時候。因為 / s / 和 / j / 是較軟的音，所以我用「母親能軟化孩子」形容這個發音規則。（/ s / 是軟音，/ k / 是硬音。/ j / 是軟音，/ g / 是硬音。）

母親軟化孩子。

MP3

ce

自然發音｜s　　K.K. 音標｜s

母親軟化孩子，單字中 c 後遇到 e，c 不發 / k / 的音，改發 / s /。

發音練習

cell 細胞　　cement 水泥　　cent 分　　ice 冰淇淋

nice 好的　　mice 老鼠（複數）　rice 飯；米　lice 蝨（複數）

slice 薄片　　advice 忠告　　dice 骰子　　race 比賽

ci

自然發音｜sǐ　　K.K. 音標｜sɪ

驚奇發現

母親軟化孩子，單字中 c 後遇到 i，c 不發 / k / 的音，改發 / s /。（i 與 y 同一家，所以 ci 的發音規則與 cy 相同。）

發音練習

cigar 雪茄煙　　cider 蘋果汁　　Cindy 辛蒂（人名）　　Cinderella 灰姑娘

cy
自然發音 sĭ   **K.K. 音標** sɪ

驚奇發現

母親軟化孩子，單字中 c 後遇到 y，c 不發 / k / 的音，改發 / s /。（i 與 y 同一家，所以 cy 的發音規則與 ci 相同。）

發音練習

Nancy 南西（人名）   fancy 想像   mercy 仁慈

juicy 多汁的   bicycle 腳踏車   cylinder 圓柱

例外 C
自然發音 sh   **K.K. 音標** ʃ

口　　訣

母親們都怕吵，所以 c 後緊接著兩個或以上的母音時，「噓！不要吵！」

驚奇發現

當 c 緊接著兩個或以上的母音時，c 發 sh 的音 / sh / = 【ʃ】kk。

發音練習

species 種類   delicious 可口的   ocean 海洋

M P 3

ge

自然發音 | j   K.K. 音標 | dʒ

說　明

母親軟化孩子，單字中 g 後遇到 e，g 不發 / g / 的音，改發 / j /。

發音練習

gem 寶物	germ 細菌	generous 慷慨的	genius 天才
gentle 溫柔的	gentleman 紳士	George 喬治（人名）	
age 年齡	orange 橘;柑	cage 鳥籠	change 改變
page 頁	huge 巨大的	large 大的	rage 憤怒
stage 舞台	wage 工資	urgent 緊急的	pigeon 家鴿

gi

自然發音 | jĭ   K.K. 音標 | dʒɪ

自然發音 | jī   K.K. 音標 | dʒaɪ

驚奇發現

母親軟化孩子，單字中 g 後遇到 i，g 不發 / g / 的音，改發 / j /。（i 與 y 同一家，所以 gi 的發音規則與 gy 相同。）

發音練習

giant 巨人	giraffe 長頸鹿	ginger 生薑	magic 魔術

gy

自然發音│jǐ　　K.K. 音標│dʒɪ

　　母親軟化孩子，單字中 g 後遇到 y，g 不發 / g / 的音，改發 / j /。（i 與 y 同一家，所以 gy 的發音規則與 gi 相同。）

發音練習

gym 體育館　　　　stingy 吝嗇的　　　　gypsy 吉普賽人

energy 活力;能力

MP3

Lesson 7

有聲與無聲子音

有聲子音與無聲子音的對照與比較

　　記得我還是學生的時候，對「有聲」與「無聲」的辨別產生很大的疑惑，為什麼母音通通都是「有聲」呢？「有聲子音」與「無聲子音」又該怎麼分別，例如：b、d、p、t……等子音，到底該怎麼分辨有聲或無聲的發音差異？這個子音明明可以唸得很大聲，為何是無聲子音？

　　後來成為英文老師，了解其中差異後才發明「有聲子音」與「無聲子音」的辨別技巧，就是：「講得有氣無聲！」當你發音時，**有氣流從口噴出的音，即為「無聲子音」**。大家一起做個小實驗證實一下，將一張薄薄的紙張放在嘴巴前方五～十公分處，對著紙張唸出子音的發音，發音時，有氣流從口噴出而震動紙張，這個子音即為「有氣無聲的子音」；反之，若發音時沒有氣流噴出，紙張不震動，即是「無氣有聲的子音」，**有氣＝無聲，無氣＝有聲**，這是我小小的發現，提供給大家參考！

　　接下來的單元中，將提到子音在某些情況下會有「有聲與無聲的發音轉換」，比如原本該發無聲的子音卻改發有聲，因此大家不妨可以重複練習下一頁的「有聲與無聲子音對照表」。

1. 母親通通都會生，所以母音皆為「有聲」。而且母親們常會彼此一較長短，所以母音分為「長母音」、「短母音」。

2. 孩子長大後有的會生，有的不會生，所以子音分「有聲」、「無聲」。

自然發音：有聲與無聲子音對照表

有聲	/ b /	/ d /	/ z /	/ g /	/ v /	/ th /	/ zh /	/ j /
無聲	/ p /	/ t /	/ s /	/ k /	/ f /	/ th /	/ sh /	/ ch /

K.K. 音標：有聲與無聲子音對照表

有聲	【 b 】	【 d 】	【 z 】	【 g 】	【 v 】	【 ð 】	【 ʒ 】	【 dʒ 】
無聲	【 p 】	【 t 】	【 s 】	【 k 】	【 f 】	【 θ 】	【 ʃ 】	【 tʃ 】

附註：
/ m / =【 m 】kk、/ n / =【 n 】kk、/ ng / =【 ŋ 】kk 這三個鼻音皆為有聲子音。
說明英文當中並無由鼻子吹氣的音，所有鼻子發出的音皆為「無氣音」，無氣＝有聲。

無聲的 s 與有聲的 z

無聲的 s 與有聲的 z。

Z

自然發音│z　　　K.K.音標│z

說　明

z 是有聲子音，/ z / 的發音類似中文的「字」＋「日」，嘴巴牙齒閉合，發出類似蚊子飛的聲音。

發音練習 z 字母位於**字首**

zigzag 蜿蜒曲折　　　zebra 斑馬　　　zero 零

zip 拉鍊　　　zipper 拉鍊　　　zoo 動物園

發音練習 z 字母位於**字中、字尾**

breeze 微風　　freeze 冰凍　　sneeze 噴嚏　　squeeze 擠壓

size 尺碼　　buzz 嗡嗡聲　　fuzz 絨毛　　crazy 瘋狂的

M
P
3

s

自然發音│z   K.K. 音標│z

此時無聲變有聲。在少數情況下，s 字母也發 / z / 這個有聲的子音。

發音練習

as 像……一樣	has 擁有	is（be 動詞）	was（be 動詞過去式）
cheese 乳酪	close 關	ease 容易	fuse 保險絲
his 他的	hose 長襪	nose 鼻子	raise 升高
rise 上升	rose 玫瑰	tease 戲弄	these 這些
those 那些	please 請；高興		

-ss
-ce

自然發音│s   K.K. 音標│s

驚奇發現

字尾發 / s / 時，幾乎皆是以下兩種拼字組合，「短母音＋ss」或「長母音＋ ce」。

發音練習　短母音＋ ss

bass 貝斯（樂器）　　kiss 親吻　　miss 錯過；想念　　bless 保佑

發音練習　長母音＋ ce

race 比賽　rice 稻米　mice 老鼠（複數）　lace 蕾絲　seduce 誘惑

看到 s 就不要氣嘛：
sp-、st-、sk-

必記口訣 **看到 s 蛇腰小姐之後，就不要氣嘛！（不發氣音）**

　　s 之後，若緊接著三個無聲子音（有氣無聲的氣音）p、t、k 時，須轉換為相對照的有聲子音（無氣有聲）b、d、g。

　　因為這個發音規則，所以請大家特別記得：英文單字中並無 sb、sd、sg 這三種單字拼音組合，只有 sp、st、sk，聽到以上三組發音要反推英文拼出單字時，要記得轉換喔！（但若 sp、st、sk 位於字尾，就不用轉換成有聲子音。）

看到 s
就不要氣嘛！

MP3

sp-

自然發音│sb   K.K. 音標│sp

當 s 之後緊接 p 時，無聲變有聲，sp 不發 / sp /，改發 / sb / 的音。

發音練習

space 空間　　　spade（撲克牌的）黑桃　　Spain 西班牙

spank 擊打　　　speak 說　　　　　　　spoke 說（過去式）

speech 演說　　　spell 拼字　　　　　　speed 速度

spill 溢出；濺出　spin 紡紗　　　　　　spine 脊骨

spit 吐口水　　　spy 間諜

st-

自然發音│sd   K.K. 音標│st

說　明

當 s 之後緊接 t 時，無聲變有聲，st 不發 / st /，改發 / sd / 的音。

發音練習

stand 站立　　star 星星　　　state 州　　　stay 留下

steak 牛排　　steel 鋼鐵　　steep 陡峭　　stem 莖

step 腳步　　　stiff 挺的　　　still 仍然　　sting 叮；刺

stink 臭　　　stock 股票　　stone 石頭　　stop 停止

stamp 郵票　　stick 黏　　　stuck 黏（過去式）　stadium 體育場

-sk
-sc

自然發音 | sg   K.K. 音標 | sk

說　明

　　當 s 之後緊接 k 或 c 時，無聲變有聲，sk、sc 不發 / sk /，改發 / sg / 的音。

發音練習

skate 溜冰	ski 滑雪	skid 打滑	skip 跳躍
skill 技巧	skin 皮膚	skim 掠過	sky 天空
scan 掃描	scar 疤	school 學校	Scot 蘇格蘭人

MP3

Lesson 8

兩個字母發母音

兩個雞蛋五塊錢：oo

　　單字中兩個 o 連在一起時，把 oo 看成兩個雞蛋，並發出類似五塊錢的「五」的音。oo 的發音分為長音與短音的「五」，本單元就是要學會「兩個雞蛋五塊錢」的長短音發音規則。

　　oo 的長音，/ ōō / =【u】^{kk}。

　　oo 的短音，/ ŏŏ / =【ʊ】^{kk}。

兩個雞蛋五塊錢。

oo

自然發音｜o͞o　　K.K. 音標｜u

說　明

oo 發長音 / o͞o / =【u】^{kk}，類似拉長的「五」的音。

發音練習

boo 噓聲	too 也;太……	zoo 動物園	food 食物
mood 心情	roof 屋頂	proof 證據	cool 涼的
fool 愚人	pool 水池	tool 工具	drool 流口水
school 學校	stool 凳子	boom 繁榮	doom 厄運;死亡
room 房間	zoom 急速上升	moon 月亮	noon 正午
soon 不久	spoon 湯匙	hoop 箍;環	loop 圈
droop 下垂	scoop 杓子	snoop 窺探	swoop 突然下降
goose 鵝	loose 寬鬆的	boot 長靴	root 根
shoot 射中	booth 電話亭	tooth 牙齒（單數）	

例外

o

自然發音｜o͞o　　K.K. 音標｜u

說　明

單一個 o 有少數情形會發長音的 / o͞o / =【u】^{kk}。

發音練習

do 做　　to 到　　two 二　　who 誰　　whose 誰的

oo

自然發音 ｜ŏŏ　　K.K.音標 ｜ʊ

oo 發短音 / ŏŏ / =【ʊ】ᵏᵏ，輕懶地發出類似短促的「五」的音。

發音練習

good 好的　　　　　hood 頭巾　　　　wood 木頭

stood 站立（過去式）　book 書　　　　　cook 廚師；煮

hook 鉤　　　　　　look 看　　　　　took 拿（過去式）

shook 搖動（過去式）

例外 oo

自然發音 ｜ô　　K.K.音標 ｜ɔ

驚奇發現

　　oo 幾乎 99％ 都適用兩個雞蛋「五」塊錢這個發音規則，但還是有四個常見的字是例外。oo 的發音例外之一：oo 發 / ô / =【ɔ】ᵏᵏ，類似中文「ㄛ」的音。

　　利用圖像聯想記住這組例外：想到家中的門（door），門下有地板（floor），所以 door 和 floor 是同一組例外的發音。

發音練習

door 門　　　floor 地板；樓層

oo 自然發音 | ǔ 　K.K. 音標 | ʌ

驚奇發現

　　oo 幾乎 99％ 都適用兩個雞蛋「五」塊錢這個發音規則,但還是有四個常見的字是例外。oo 的發音例外之二:oo 發 u 的短音 / ǔ / =【ʌ】kk,類似中文「ㄜ」的音。

　　利用圖像聯想記住這組例外:血液(blood)與洪水(flood)皆是流動的液體,所以 blood 和 flood 是同一組例外的發音。

發音練習

blood 血液　　flood 洪水

ou 自然發音 | ǒǒ 　K.K. 音標 | ʊ

說　明

　　ou 的發音有很多種,少數情形 ou 發短音的 / ǒǒ / =【ʊ】kk。(以下單字中的 l 不發音。)

發音練習

could 能　　would 將　　should 應該

短母音：al、au、aw

當單字中出現 al、au、aw 時，皆發 / ô / =【ɔ】^{kk} 的音。類似中文「ㄛ」的音。小心不要跟 o 的短音 / ŏ / =【ɑ】^{kk}，或 o 的長音 / ō / =【o】^{kk} 這兩個音混淆喔！

al、au、aw 皆發 / ô / 的音。

al

說　明

當單字中出現 al 時，發 / ô / =【ɔ】kk 的音。類似中文「ㄛ」的音。

發音練習

all 全部	ball 球	call 喊叫	fall 落下
hall 走廊	mall 購物中心	tall 高大的	wall 牆壁
small 小的	chalk 粉筆	talk 說話	walk 走
halt 停止	malt 麥芽	salt 鹽	

au

自然發音 | ô　　K.K. 音標 | ɔ

說　明

當單字中出現 au 時，發 / ô / =【ɔ】kk 的音。類似中文「ㄛ」的音。

發音練習

caught 抓住（過去式）	taught 教導（過去式）	naughty 頑皮的
daughter 女兒	daunt 恐嚇	haunt 常出沒於
fault 缺點;過錯	Paul 保羅（人名）	August 八月

au 自然發音 | ǎ   K.K. 音標 | æ

說　明

au 有少數情形，只發 a 的短音 / ǎ / =【 æ 】^{kk}。

發音練習

aunt 舅媽；嬸嬸；阿姨　　　　laugh 笑；嘲笑

aw 自然發音 | ô   K.K. 音標 | ɔ

驚奇發現

w 與 u 同一家，所以 aw 與 au 都是發 / ô / =【 ɔ 】^{kk}。

發音練習

jaw 顎	paw 掌爪	raw 生的；未加工的
saw 鋸	flaw 裂縫；缺點	claw 爪
crawl 爬行	drawl 慢吞吞地說話	scrawl 潦草地寫
shawl 圍巾	dawn 破曉	lawn 草坪
pawn 抵押品	yawn 打呵欠	prawn 蝦子

MP3

o 自然發音│ô K.K. 音標│ɔ

　　o 有少數情形，發 / ô / ＝【ɔ】ᴷᴷ。（某些地區會將這些少數情形的 o，直接發成 o 的短音 ŏ ＝【ɑ】ᴷᴷ。）

boss 老闆　　　loss 遺失　　　moss 苔蘚　　　toss 投；擲

cross 十字架　　floss 牙線　　dog 狗　　　　jog 慢跑

log 原木塊　　　fog 霧　　　　flog 鞭打

ou 自然發音│ô K.K. 音標│ɔ

　　ou 的發音有很多種，少數情形 ou 只發一個 o 的短音 / ô / ＝【ɔ】ᴷᴷ。（以下單字中的 gh 不發音。）

ought 應當　　　　bought 買（過去式）　　fought 打架（過去式）

sought 尋覓（過去式）　brought 帶來（過去式）　thought 想（過去式）

雙母音：ou、ow

　　w 與 u 同一家，即 w 與 u 的發音規則常常相同，所以以下 ou 的發音方式即與 ow 一樣，發 / ou / ＝【aʊ】kk 的音。

ω 與 u 同一家。

ou

驚奇發現

　　ou 的發音有很多種，最常見的發音是 / ou / =【aʊ】^{kk}。w 與 u 同一家，w 與 u 的發音規則通常都相同，所以 ou 的發音方式也與 ow 一樣。

發音練習

couch 長椅	pouch 小袋	vouch 保證	crouch 蹲下
grouch 抱怨	slouch 低頭垂肩	loud 大聲的	cloud 雲
proud 驕傲的	oounce 盎司	bounce 反彈	pounce 猛撲
count 計數	mount 登上	bound 領域	found 發現（過去式）
hound 獵犬	mound 土石堆	pound 英磅	round 圓的
sound 聲音	wound 纏繞的	ground 地面	our 我們的
hour 小時	sour 酸的	flour 麵粉	house 房子
louse 蝨子	mouse 老鼠	blouse 女性上衣	spouse 配偶
out 在外面	bout 一回合	gout 痛風	pout 噘嘴
rout 潰敗	tout 招徠顧客	scout 偵察	shout 大叫
snout 口鼻部	spout 噴嘴	stout 粗壯的	sprout 萌芽
mouth 嘴	south 南		

OW

自然發音│ou   K.K. 音標│aʊ

　　w 與 u 同一家，w 與 u 的發音規則通常都相同，所以 ow 的發音方式也與 ou 一樣，發 / ou / ＝【aʊ】^{kk} 的音。

發音練習

bow 鞠躬	cow 母牛	how 如何	now 現在
wow 哇！	vow 誓言	plow 犁；耕	brow 眉毛
fowl 野禽	howl 呼號	growl 怒吼	down 往下
gown 長袍	town 城鎮	brown 棕色的	clown 小丑
crown 王冠	drown 溺死	frown 皺眉	

Lesson 9

兩個母音發短母音

兩個母音卻變短了：
ea、ou

短兵相接的兩母音。

　　當一個單字中有兩個母音時，通常母音會發長音，但以下的單字雖然有兩個母音的組合，卻只發其中一個母音的短音，出現比例不高，算是例外，但還是要好好了解並學會喔！

兩母相處，
「短」兵相接。

MP3

-ea-
自然發音 ｜ ĕ　　K.K. 音標 ｜ ɛ

說　明

單字中有 ea 兩個字母，但是只發 e 的短母音 / ĕ / ＝【ɛ】^{kk}。

發音練習　兩母音位於**字中**

dead 死的	head 頭	read 讀（過去式）	bread 麵包
spread 伸展	death 死亡	breath 呼吸	health 健康
wealth 富裕	weather 天氣	leather 皮革	sweat 流汗
sweater 毛衣	breakfast 早餐	heavy 沉重	heaven 天堂
jealous 妒忌的	pleasure 高興	measure 測量	treasure 財寶

-ou-
自然發音 ｜ ŭ　　K.K. 音標 ｜ ʌ

說　明

單字中有 ou 兩個字母，但是只發 u 的短音 / ŭ / ＝【ʌ】^{kk}。

發音練習　兩母音位於**字中**

country 國家	touch 觸摸	tough 堅韌的
rough 粗糙的	enough 足夠的	young 年輕的
cousin 表兄弟姐妹		

Lesson 10

一個母音遇到 r

母音遇到 r：
ar、er、ir、ur、or

　　r 為英文中唯一的捲舌音，不過臺灣或日本的學習者，常會因母語發音方式之故而無法正確發出此音。母音加上 r 時所發出來的音，與雙面人子音 r 在母音後的音很類似。

　　另外，若在單音節或重音節中，有一個母音遇到 r 的情況，多唸為 / ŭr / ＝【ɝ】kk，若是在非重音節中出現母音遇到 r 的情況，多唸為 / ər / ＝【ɚ】kk，其實 / ŭr / ＝【ɝ】kk 與 / ər / ＝【ɚ】kk 發音幾乎一樣，不同的僅是 / ŭr / ＝【ɝ】kk 出現在單音節或重音節，/ ər / ＝【ɚ】kk 則出現在非重音節而已。（ar 與 or 的組合，不包含在此發音規則內。）

一個母音遇到 r。

M
P
3

-ar-

驚奇發現

　　母音 a 遇到 r，發 / är / =【ɑr】^{kk}，r 的音發雙面人子音 r 在母音後的音。

發音練習

bar 酒吧	car 車	far 遠的	jar 罐	tar 柏油
scar 傷痕	card 卡片	guard 衛兵	hard 硬的	yard 庭院
large 大的	charge 索價	bark 吠叫聲	dark 黑暗的	lark 雲雀
mark 記號	park 公園	shark 鯊魚	spark 火花	cart 手推車
dart 標槍	mart 市場	part 部分	chart 圖表	smart 聰明的
start 開始	arm 手臂	farm 農田	harm 損害	charm 迷人
army 軍隊	barn 穀倉	carp 鯉魚	sharp 刺耳	

例外

are 自然發音｜är　　K.K. 音標｜ɑr

驚奇發現

　　are（be 動詞）的發音為例外，與 ar 一樣，發 / är / =【ɑr】^{kk}，字尾 e 不發音。其他單字出現 are，皆發 / âr / =【ɛr】^{kk}。（are 發 / âr / =【ɛr】^{kk} 的發音規則請參閱 Lesson 11。）

發音練習

are（be 動詞）

-er-

自然發音 | ŭr　　K.K. 音標 | ɝ

說　明

在單音節或重音節中，母音 e 遇到 r，發 / ŭr / =【ɝ】kk。

發音練習

herb 藥草	verb 動詞	jerk 猛拉	clerk 店員
nerve 神經	serve 服務	swerve 突然轉向	

-ir-

自然發音 | ŭr　　K.K. 音標 | ɝ

說　明

在單音節或重音節中，母音 i 遇到 r，發 / ŭr / =【ɝ】kk。

發音練習

sir 先生	stir 搖動;攪拌	bird 鳥	third 第三
girl 女孩	first 第一	dirt 汙物	dirty 髒的
thirst 口渴	flirt 調情	shirt 襯衫	skirt 裙子
birth 出生	swirl 漩渦	twirl 快速旋轉	whirl 旋轉

MP3

-ur-

自然發音 | ŭr   K.K. 音標 | ɝ

說　明

在單音節或重音節中，母音 u 遇到 r，發 / ŭr / =【ɝ】^{kk}。

發音練習

fur 軟毛;毛皮	curb 勒馬繩	urge 驅策	blur 汙點
slur 含糊之聲音	spur 刺馬釘	curl 捲曲	furl 捲收
hurl 投擲	curse 詛咒	nurse 護士	purse 錢袋
curt 唐突草率的	hurt 傷害	blurt 脫口而出	spurt 噴出

-or-

自然發音 | ôr   K.K. 音標 | ɔr

說　明

母音 o 遇到 r，發 / ôr / =【ɔr】^{kk}，r 的音發雙面人子音 r 在母音後的音。

發音練習

porch 走廊	torch 火把	scorch 燒焦
cord 繩子	ford 淺灘	Lord 上帝
chord 和弦	bore 使厭煩	more 更多的
core 核心	pore 氣孔	fore 前部

sore 疼痛的	gore 傷口凝血	tore 撕（過去式）
wore 穿（過去式）	shore 岸	score 得分
snore 打鼾	store 商店	swore 發誓（過去式）
fork 叉子	pork 豬肉	dorm 宿舍
form 形式；表格	norm 準則	storm 暴風雨
born 出生的	corn 玉米	horn 角；號角
scorn 輕視	sworn 宣誓的	thorn 刺；荊棘
fort 堡壘	port 港口	sort 種類
short 短的	sport 運動	

例外

-ear- 自然發音│ŭr   K.K. 音標│ɝ

說　　明

　　ea 為發音規則中最多變化的組合。明明是兩個母音 ea 遇到 r，卻是例外的發音，這裡的 ear 發音與 er 出現在重音節時一樣，發 /ŭr/ =【ɝ】kk。（ea 兩個母音遇到 r 的發音規則請參閱 Lesson11。）

發音練習

earn 賺錢　　learn 學習　　yearn 嚮往　　　earth 地球

search 搜尋　　pearl 珍珠　　heard 聽見（過去式）

MP3

兩個母音遇到 r

遇 r 則短：
air、are、ear、eer、ere

短吻鱷，短遇 r：短母音＋r。

　　兩個母音通常發長音，以下單字雖有兩母音，但當後面接 r 時，卻發短音。

遇 r 則成短母音的短吻鱷。

-air

自然發音 │ âr   K.K. 音標 │ εr

說　明

　　兩個母音 ai 後遇到 r，ai 發短音 / â / ＝【ε】^{kk}。

發音練習

air 空氣　　　fair 公平　　　hair 頭髮　　　pair 一對；一雙

repair 修理　　despair 絕望　　chair 椅子　　stair 樓梯

-are-

自然發音 │ âr   K.K. 音標 │ εr

驚奇發現

　　字尾 e 不發音，a 發短音 / â / ＝【ε】^{kk}。英文單字中，are 皆發 / âr / ＝【εr】^{kk}，只有 are（be 動詞）這個字的發音例外，發 /är / ＝【ɑr】^{kk}。

發音練習

bare 裸的　　　care 關懷　　　dare 敢　　　　fare 票價

hare 野兔　　　mare 母馬　　　rare 稀有的　　ware 器皿

flare 火焰；閃耀　glare 怒目而視　scare 驚嚇　　share 分享

snare 圈套；誘捕　spare 分出　　square 正方形　stare 瞪

-ear 自然發音│ĕr　　K.K. 音標│εr

說　明

　　兩個母音 ea 後遇到 r，ea 發 e 的短音 / ĕ / =【ε】^{kk}。ea 為發音規則中最多變化的組合，所以要特別注意。

發音練習

bear 熊　　pear 洋梨　　tear 撕裂　　wear 穿著　　swear 發誓

-ear 自然發音│ĭr　　K.K. 音標│ɪr

說　明

　　兩個母音 ea 後遇到 r，還有一種發音，ea 發 i 的短音 / ĭ / =【ɪ】^{kk}。ea 為發音規則中最多變化的組合，所以要特別注意。

發音練習

ear 耳朵	dear 親愛的	fear 害怕	gear 齒輪
hear 聽見	near 接近的	clear 清楚的	rear 後面
shear 修剪	beard 鬍子	tear 眼淚	year 年;歲

-eer
自然發音 | ĭr　　K.K. 音標 | ɪr

說　明

　　兩個母音 ee 後遇到 r，ee 發 i 的短音 / ĭ / =【ɪ】 ᵏᵏ。

發音練習

beer 啤酒　　　deer 鹿　　　jeer 嘲笑　　　leer 以斜眼看

peer 凝視　　　seer 預言家

-ere
自然發音 | ĭr　　K.K. 音標 | ɪr

說　明

　　字尾 e 不發音，前面的 e 只發 i 的短音，所以 ere 發 / ĭr/ =【ɪr】 ᵏᵏ。

發音練習

here 這裡　　mere 僅僅的　　sincere 誠摯的　　severe 嚴重

-ere 自然發音│ĕr K.K. 音標│ɛr

說　明

字尾 e 不發音，前面的 e 只發 e 的短音，所以 ere 發 / ĕr / = 【ɛr】^{kk}。

發音練習

where 在哪裡　　there 那裡

例外 -ture 自然發音│chər K.K. 音標│tʃə

說　明

此時 t 發 / ch / = 【tʃ】^{kk}，ur 發 / ər / = 【ə】^{kk}，字尾 e 不發音。

發音練習

picture 照片　　nature 自然　　future 未來　　feature 特點

furniture 家具　　adventure 探險　　culture 文化

MP3

Lesson 12

雙母音、
以w為首的單字

雙母音：oi、oy

oi

自然發音│oi   K.K. 音標│ɔɪ

說　明

兩個母音 o 和 i 在一起，發 / oi / ＝【ɔɪ】kk。

發音練習

oil 油	boil 煮沸	coil 捲	foil 箔	soil 泥土
toil 辛勞	spoil 損壞	coin 硬幣	join 連接	joint 接連
point 點	noise 噪音	poise 平穩	hoist 起重機	

oy

自然發音│oi   K.K. 音標│ɔɪ

說　明

i 與 y 本一家，當 y 不在字首時，發音規則即與 i 相同。所以，oy 的發音與 oi 一樣，發 / oi / ＝【ɔɪ】kk。

發音練習

boy 男孩	coy 害羞的	joy 喜樂
enjoy 享受	loyal 忠誠的	Roy 洛伊（人名）
royal 皇家的	soy 醬油	toy 玩具

MP3

母音前遇到 w，音都變了：wa-、war-、wor-

必記口訣 遇到大胸哺 ₩ 之後，聲音竟然都變了。

wa-　　自然發音｜wǒ　　K.K. 音標｜wɑ

驚奇發現

遇到 w 時，a 不發 a 的短音 / ǎ / =【æ】ᵏᵏ，也不發 a 的長音 / ā / =【e】ᵏᵏ，竟然發 o 的短音 / ǒ / =【ɑ】ᵏᵏ。

發音練習

waffle 鬆餅	wasp 大黃蜂	water 水
wash 清洗	watch 手錶；看	watt 瓦特（電力單位）
was（be 動詞過去式）	want 要	what 什麼

遇到大胸哺 ₩ 之後，
聲音竟然都變了。

war- 自然發音|wôr   K.K. 音標|wɔr

驚奇發現

當單字出現 war 時，ar 不發最常見、最規律的發音 / är / =【ɑr】kk，
卻發 / ôr / =【ɔr】kk。

發音練習

war 戰爭	ward 守護；病房	award 獎；授予
reward 報酬	warden 典獄長	warder 法警
wardrobe 衣櫥	warm 溫暖的	warn 警告
Warner 華納（人名）	warp 彎曲	warrant 授權
warrior 戰士	wart 瘤	

wor- 自然發音|wŭr   K.K. 音標|wɚ

驚奇發現

當單字出現 wor 時，or 不發最常見、最規律的發音 / ôr / =【ɔr】kk，
卻發 / ŭr / =【ɚ】kk。（wor 幾乎都置於字首，一定不會出現在字尾。）

發音練習

work 工作	word 字	world 世界	worm 蟲
worry 擔心	worse 更糟的	worth 價值	

Lesson 13

兩個音節以上的單字，母音在非重音節

懶母音：a、e、i、o、u

必記口訣　驚奇發現

1. 懶人不重要：懶母音就是不重要音節（非重音節）的母音。

2. 連阿拉伯數字的 2 都不寫好，也不好好唸，實在太懶了！

此母音 / ə / ＝【ə】^kk 發出的音類似阿拉伯數字 1、2、3、4 的 2，但唸的時候要輕輕唸，聽起來似乎很慵懶，所以我稱它為「懶母音」。

所有不重要的音節（非重音節）中的任何母音 a、e、i、o、u，都有可能發出這種懶母音。

躺在沙發上
懶洋洋的 2。

MP
3

懶母音 **a**

自然發音 | ə   K.K. 音標 | ə

說　明

在單字非重音節中的母音 a，發 / ə / ＝【ə】^{kk}。

發音練習

about 大約	**a**go 以前	**a**gree 同意
afraid 害怕	**a**ccount 帳戶；帳目	**a**part 分開地
apartment 公寓	**a**long 沿著	**a**gain 再次
assign 分派	**a**sleep 熟睡的	**a**ppear 出現
appoint 任命	**a**ttend 參加	**a**cross 橫越
arrive 到達	**a**mong 在……當中	**a**rrest 逮捕
around 四周	**a**pparent 明顯的	**A**merica 美國

懶母音 **e**

自然發音 | ə   K.K. 音標 | ə

說　明

在單字非重音節中的母音 e，發 / ə / ＝【ə】^{kk}。

發音練習

b**e**long 屬於	b**e**low 在……下	gard**e**n 花園
op**e**n 開	sev**e**n 七	happ**e**n 發生
chick**e**n 雞	t**e**lephone 電話	t**e**levision 電視
el**e**phant 大象	el**e**gant 優雅的	

懶母音 **i**　　自然發音│ə　　K.K. 音標│ə

說　明

在單字非重音節中的母音 i，發 / ə / =【ə】^kk。

發音練習

accident 意外	capital 首都	direct 直接的
citizen 市民	council 議會	facility 設備
festival 節日	ability 能力	officer 官員
activity 活動	president 總統；總裁	medicine 藥

懶母音 **O**　　自然發音│ə　　K.K. 音標│ə

說　明

在單字非重音節中的母音 o，發 / ə / =【ə】^kk。

發音練習

potato 馬鈴薯	bottom 底部	tomorrow 明天	seldom 很少
tomato 番茄	kingdom 王國	today 今天	freedom 自由
button 鈕釦	cotton 棉花	mutton 羊肉	lemon 檸檬
prison 監獄	reason 理由	season 季節	poison 毒藥

MP3

懶母音 　　　　自 然 發 音 | ə 　　　　K.K. 音標 | ə

說　明

　　在單字非重音節中的母音 u，發 / ə / ＝【ə】^{kk}。

發音練習

circus 馬戲團　　　　cactus 仙人掌　　　　lotus 蓮花

difficult 困難的　　　succeed 成功　　　　supply 補給

suppose 猜想

形容詞字尾發懶母音

很多母音若在單字字尾的不重要音節（非重音節）時都發懶母音，以下即是形容詞字尾的母音為懶母音的例子。

-ful

自然發音 | fəl　　**K.K. 音標** | fəl

說　明

母音 u 在形容詞的字尾，此字尾音節非重音節，所以發懶母音 / ə / ＝【ə】^{kk}。

發音練習

beautiful 美麗的	useful 有用的	faithful 忠誠的
wonderful 很棒的	hopeful 有希望的	powerful 有力的
successful 成功的	respectful 尊敬的	

MP3

-able
-ible

自然發音 |əbl   K.K. 音標 |əbl̩

說　明

母音 a 和 i 在形容詞的字尾，此字尾音節非重音節，所以發懶母音 /ə/ =【ə】^{kk}。

發音練習

consider**able** 相當大的　　compar**able** 可比較的

imagin**able** 可想像的　　respons**ible** 負責的

vis**ible** 肉眼可見的　　cred**ible** 可信的

-ant
-ent

自然發音 |ənt   K.K. 音標 |ənt = nt

說　明

母音 a 和 e 在形容詞的字尾，此字尾音節非重音節，所以發懶母音 /ə/ =【ə】^{kk}。

發音練習

import**ant** 重要的　　resist**ant** 抵抗的　　eleg**ant** 優雅的

conveni**ent** 方便的　　depend**ent** 依賴的　　differ**ent** 不同的

-ous 　自然發音│əs　　K.K. 音標│əs

　　ou 在形容詞的字尾，此字尾音節非重音節，所以發懶母音 / ə / =【ə】^kk。

發音練習

famous 有名的	dangerous 危險的	jealous 嫉妒的
various 不同的	courteous 有禮貌的	courageous 有勇氣的
delicious 可口的	humorous 幽默的	generous 慷慨的
serious 嚴重的		

-al 　自然發音│əl　　K.K. 音標│əl = l̩

說　　明

　　母音 a 在形容詞的字尾，此字尾音節非重音節，所以發懶母音 / ə / =【ə】^kk。

發音練習

natural 天然的	national 全國的	emotional 動人的
cultural 文化的	universal 宇宙的	original 起初的
personal 個人的	several 一些	final 最後的
mental 精神的		

M P 3

-cial

自然發音 |shəl   **K.K. 音標** |ʃəl

　　ia在形容詞的字尾，此字尾音節非重音節，所以發懶母音 /ə/ =【ə】^{kk}。（當 c 緊接著兩個或以上的母音時，c 發 sh 的音 / sh / =【ʃ】^{kk}。）

發音練習

spe**cial** 特別的	commer**cial** 商業的	so**cial** 社會的
finan**cial** 財政的	fa**cial** 臉部的	superfi**cial** 表面的

名詞字尾發懶母音

-tion
自然發音 | shən   K.K. 音標 | ʃən

說　明

io 在名詞的字尾，此字尾音節非重音節，所以發懶母音 /ə/ =【ə】ᵏᵏ。
（t 發 /sh/ =【ʃ】ᵏᵏ 的音。）

發音練習

station 車站   conversation 會話   translation 翻譯

operation 操作   explanation 解釋   preparation 準備

connection 連接   action 行動

-ment
自然發音 | mənt   K.K. 音標 | mənt

說　明

母音 e 在名詞的字尾，此字尾音節非重音節，所以發懶母音 /ə/ =
【ə】ᵏᵏ。

apartment 公寓　　department 科系;部門　　government 政府

employment 僱用　　accomplishment 成就　　entertainment 娛樂

improvement 改進　　punishment 處罰　　movement 行動

-ance
-ence

自然發音 │ əns　　K.K. 音標 │ əns = ņs

說　明

　　母音 a 和 e 在名詞的字尾，此字尾音節非重音節，所以發懶母音
/ə/ =【ə】kk。

發音練習

importance 重要性　　assistance 幫助　　distance 距離

performance 表演　　entrance 入口處　　insurance 保險

convenience 方便　　science 科學　　difference 不同

obedience 順服

Lesson 14

連音的練習與
不發音的字母

子音與 l 的連音

　　子音與 l 相連，因 l 本身也是子音，所以不要分開唸，子音＋ l 只有一個音節，要快速連音，才不會唸起來變成兩個分開的音節，有唸日文的感覺。就英文發音而言，分開唸是不正確的，所以一定要快速地將音連在一起發音。

bl-　　自然發音｜bl　　K.K. 音標｜bl

說　明

　　子音 b 與 l 相連，因 l 本身也是子音，所以不要分開唸，要快速地將音連在一起發音。

發音練習

black 黑色	blame 責怪	blank 空白	blanket 毛毯
blast 爆破	blaze 火焰	bleed 流血	bleach 漂白
blind 瞎的	blink 眨眼	bloom 開花	blow 吹

M
P
3

cl-

自然發音 | kl   K.K. 音標 | kl

說　明

　　子音 c 與 l 相連，因 l 本身也是子音，所以不要分開唸，要快速地將音連在一起發音。

發音練習

class 班級	clam 蛤蜊	claw 爪	clean 清潔
clear 清澈的	clerk 店員	clever 聰明的	clock 時鐘
cloud 雲	clown 小丑	cloth 布料	close 關閉
cloak 披風	club 俱樂部	clip 夾	clinic 診所

fl-

自然發音 | fl   K.K. 音標 | fl

說　明

　　子音 f 與 l 相連，因 l 本身也是子音，所以不要分開唸，要快速地將音連在一起發音。

發音練習

flag 旗子	flake 薄片	flavor 味道	flaw 瑕疵
flea 跳蚤	flee 逃走	fleet 艦隊	fleck 斑點
flip 輕扔	flesh 肉	flirt 調情	flight 飛行

gl-

自然發音 | gl   K.K. 音標 | gl

說　明

　　子音 g 與 l 相連，因 l 本身也是子音，所以不要分開唸，要快速地將音連在一起發音。

發音練習

glass 玻璃	**gl**ean 蒐集	**gl**ide 滑行	**gl**itter 閃爍
glimpse 瞥見	**gl**ory 榮耀	**Gl**oria 葛羅莉亞（人名）	
glow 發亮	**gl**obe 地球	**gl**oom 昏暗	**gl**ove 手套
glutton 老饕			

pl-

自然發音 | pl   K.K. 音標 | pl

說　明

　　子音 p 與 l 相連，因 l 本身也是子音，所以不要分開唸，要快速地將音連在一起發音。

發音練習

play 玩	**pl**an 計劃	**pl**ane 飛機	**pl**ant 植物
plain 簡樸的	**pl**ace 地方	**pl**enty 充足的	**pl**ease 請
plastic 塑膠的	**pl**ural 複數形	**pl**ug 栓；塞子	**pl**um 李子

MP3

sl-

自然發音 | sl   K.K. 音標 | sl

說　明

　　子音 s 與 l 相連，因 l 本身也是子音，所以不要分開唸，要快速地將音連在一起發音。

發音練習

slam 砰然　　　slander 誹謗　　slang 俚語　　　slap 摑掌

slay 殺害　　　sleep 睡　　　　slept 睡（過去式）　slim 苗條的

sling 彈弓　　　slip 失足　　　slot 投幣孔　　　slow 慢

spl-

自然發音 | sbl   K.K. 音標 | spl

說　明

　　子音 sp 與 l 相連，因 l 本身也是子音，所以不要分開唸，要快速地將音連在一起發音，形成三連音。另外，還要記得「看到 s 就不氣嘛」，無聲變有聲，所以 / p /（無聲子音）發 / b /（有聲子音）的音。

發音練習

splash 潑濕；濺飛　　splat 長條木板　　　splatter 潑灑；濺汙

spleen 脾臟　　　　　splendor 光輝　　　　splendid 輝煌的

split 分裂　　　　　　splint 夾板　　　　　splurge 揮霍

子音與 r 的連音

　　子音與 r 相連，因 r 本身也是子音，所以不要分開唸，另外要特別記得 r 是捲舌音。最重要的就是，必須快速地將音連在一起唸，否則唸出來時，會誤唸成多音節。

　　母語是日語和閩南語的人，因為這兩種語言沒有任何捲舌音，所以在唸 r 的連音時較吃力。因此，切記要快速連音，才是正確的英文發音方式喔！

br-

自然發音│br　　K.K. 音標│br

説　明

　　子音 b 與 r 相連，因 r 本身也是子音，所以不要分開唸，要快速地將音連在一起發音。另外，特別記得 r 要捲舌。

發音練習

brace 支撐物	brake 煞車	brass 黃銅	brave 勇敢
brand 品牌	brag 吹噓	Brazil 巴西	brain 腦袋
branch 分枝	bring 帶來	brim 邊緣	brick 紅磚
bride 新娘	bribe 賄賂	bra 胸罩	broke 破產

MP3

cr-
自然發音 | kr   K.K. 音標 | kr

說　明

　　子音 c 與 r 相連，因 r 本身也是子音，所以不要分開唸，要快速地將音連在一起發音。另外，特別記得 r 要捲舌。

發音練習

crab 螃蟹	crack 破裂	crash 猛撞	cramp 抽筋
crazy 瘋狂	crane 起重機	crawl 爬行	cradle 搖籃
cram 填鴨;死背	crave 渴望	crayon 蠟筆	cream 奶油
crease 皺摺	credit 信用	creep 爬行	creepy 毛骨悚然

dr-
自然發音 | dr   K.K. 音標 | dr

說　明

　　子音 d 與 r 相連，因 r 本身也是子音，所以不要分開唸，要快速地將音連在一起發音。另外，特別記得 r 要捲舌。

發音練習

drag 拖;拉	dragon 龍	draft 草稿	drama 戲劇
drain 排出	dress 洋裝	dream 夢	dread 恐懼
drink 喝	drip 滴	drill 練習	drop 掉下
droop 下垂	drool 流口水	drum 鼓	draw 畫;拉

fr-

自然發音｜fr　　K.K. 音標｜fr

說　明

　　子音 f 與 r 相連，因 r 本身也是子音，所以不要分開唸，要快速地將音連在一起發音。另外，特別記得 r 要捲舌。

發音練習

French 法國的　　　frame 骨架　　　fresh 新鮮的

Frank 法蘭克（人名）　freak 怪胎　　　free 自由的

freeze 冰凍　　　froze 冰凍（過去式）　frozen 冰凍（過去分詞）

frog 青蛙　　　friend 朋友　　　Friday 星期五

frost 霜；結霜　　　fruit 水果　　　frustrate 使受挫

gr-

自然發音｜gr　　K.K. 音標｜gr

說　明

　　子音 g 與 r 相連，因 r 本身也是子音，所以不要分開唸，要快速地將音連在一起發音。另外，特別記得 r 要捲舌。

發音練習

gray 灰色　　grade 等級　　Grace 葛蕾絲（人名）　grand 雄偉的

grin 露齒而笑　grave 墓穴　　green 綠色　　　greed 貪心

greet 打招呼　Greek 希臘人　great 棒的　　　grill 烤肉架

grief 憂傷　　ground 地面　　groom 新郎　　　grow 生長

MP3

pr-

自然發音│pr   K.K. 音標│pr

 說　明

　　子音 p 與 r 相連，因 r 本身也是子音，所以不要分開唸，要快速地將音連在一起發音。另外，特別記得 r 要捲舌。

發音練習

pray 禱告	**pr**aise 讚美	**pr**ess 按；壓	**pr**awn 蝦子
preach 佈道	**pr**ick 刺；戳	**pr**int 列印	**pr**ice 價格
prize 獎品	**pr**iest 牧師	**pr**ide 自豪	**pr**oud 驕傲的

tr-

自然發音│tr   K.K. 音標│tr

說　明

　　子音 t 與 r 相連，因 r 本身也是子音，所以不要分開唸，要快速地將音連在一起發音。另外，特別記得 r 要捲舌。

發音練習

trap 陷阱	**tr**ain 火車	**tr**ait 特徵	**tr**trade 貿易
trace 追蹤	**tr**ack 蹤跡	**tr**ay 托盤	**tr**ee 樹
treat 招待	**tr**affic 交通	**tr**avel 旅行	**tr**ick 把戲；詭計
truck 卡車	**tr**y 試	**tr**unk 樹幹；後行李箱；象鼻	

thr-

自然發音│thr　　K.K.音標│θr

說　明

　　子音 th 與 r 相連，因 r 本身也是子音，所以不要分開唸，要快速地將音連在一起發音，形成三連音。

發音練習

three 三	throw 投擲	threw 投擲（過去式）
through 穿過	throat 喉嚨	throne 王位
thread 細線	thrill 激動	thrilling 興奮不已
thrift 節儉	thrust 刺；猛推	

scr-

自然發音│sgr　　K.K.音標│skr

說　明

　　子音 sc 與 r 相連，因 r 本身也是子音，所以不要分開唸，要快速地將音連在一起發音，形成三連音。另外，記得「看到 s 就不氣嘛」，無聲變有聲，所以 / k /（無聲子音）發 / g /（有聲子音）的音。

發音練習

scrap 碎片；破爛	scrape 刮；擦	screen 螢幕
scream 尖叫	scratch 抓；搔	scrawl 潦草地寫
screw 螺絲釘	script 原稿	scrub 用力擦洗

str-

自然發音 | sdr   K.K. 音標 | str

說　明

　　子音 st 與 r 相連，因 r 本身也是子音，所以不要分開唸，要快速地將音連在一起發音，形成三連音。另外，記得「看到 s 就不氣嘛」，無聲變有聲，所以 / t /（無聲子音）發 / d /（有聲子音）的音。

發音練習

strap 吊帶　　straight 直的　　strait 海峽　　stream 小溪

street 街道　　straw 稻草　　strip 細長條　　stripe 條紋

strike 毆打　　struck 毆打（過去式）　strife 爭鬥　　strict 嚴格的

district 區域　　string 細繩　　strong 強壯的　　strain 緊張

spr-

自然發音 | sbr   K.K. 音標 | spr

說　明

　　子音 sp 與 r 相連，因 r 本身也是子音，所以不要分開唸，要快速地將音連在一起發音，形成三連音。另外，記得「看到 s 就不氣嘛」，無聲變有聲，所以 / p /（無聲子音）發 / b /（有聲子音）的音。

發音練習

spring 春天;跳躍　sprang 跳躍（過去式）　sprung 跳躍（過去分詞）

spray 噴射　　sprain 扭傷　　spread 散播　　sprint 短跑

sprinter 短跑者　　sprinkle 噴灑　　sprout 發芽

s 與鼻音 m、n 的連音

sm-
自然發音｜sm   K.K.音標｜sm

說　明

　　子音 s 與 m 相連，因 m 本身也是子音，所以不要分開唸，要快速地將音連在一起發音。

發音練習

smart 精明的　small 小的　　　　smog 煙霧　　smoke 煙；抽煙

smith 鐵匠　　smooth 光滑的　　　smother 窒息　smash 粉碎

smell 嗅；聞　smelt 嗅；聞（過去式）　smack 啪一聲　smile 微笑

sn-
自然發音｜sn   K.K.音標｜sn

說　明

　　子音 s 與 n 相連，因 n 本身也是子音，所以不要分開唸，要快速地將音連在一起發音。

發音練習

snack 點心　　　snake 蛇　　sniff 嗅；聞　　sneeze 打噴嚏

snooze 打盹　　snot 鼻涕　　snore 打鼾　　snob 勢利眼的人

snoopy 愛窺探的　snow 雪　　snail 蝸牛

MP3

le 結尾的單字

-le
自然發音 | 1　　K.K. 音標 | əl = ļ

一長兩短，不是三長兩短喔！

驚奇發現

單字以 le 結尾，此時 le 的發音類似雙面人子音 l 在母音後的「ㄡ」。le 前面若只有一個字母（只有一個子音），則前面的母音發長音；若有兩個字母（兩個子音），則前面的母音發短音。大家可以從 le 倒推回去試試看，這個規則很有趣喔！

發音練習

bubble 泡沫	Bible 聖經	fable 寓言	noble 貴族
pebble 鵝卵石	scribble 潦草書寫	tremble 發抖	ankle 腳踝
sprinkle 毛毛雨	wrinkle 皺紋	tickle 搔癢	bundle 捆;束
fiddle 小提琴	handle 操作	kindle 點燃	needle 縫紉針
middle 中間的	puddle 水坑	saddle 馬鞍	riddle 謎語
riffle 急流	ripple 漣漪	angle 角度	eagle 老鷹
giggle 咯咯地笑	jungle 叢林	single 單身	Nstruggle 掙扎
tangle 糾結	wiggle 扭動	apple 蘋果	maple 楓樹
ample 豐裕的	people 人們	purple 紫色	sample 樣品
simple 簡單的	temple 寺廟	battle 戰鬥	bottle 瓶子
cattle 牛	gentle 溫和的	little 小的	settle 安頓
title 標題	dazzle 閃耀	smuggle 走私	

不發音的字母

b 不發音

mb   自然發音 | m   K.K. 音標 | m

說　明

　　m 和 b 在一起，b 不發音，只發 m 的音（雙面人子音 m 在母音後的音）。

發音練習

lamb 羔羊　　　comb 梳子　　climb 爬　　　　bomb 炸彈

dumb 笨　　　　numb 麻木　　thumb 拇指　　tomb 墳墓

womb 子宮　　　Mplumber 鉛管工人

d 不發音

d   自然發音 | 不發音   K.K. 音標 | 不發音

說　明

　　少數單字中的 d 不發音。

發音練習

badge 徽章　　　ridge 屋脊　　bridge 橋　　　budget 預算

dodge 躲開　　　edge 邊緣　　lodge 住宿　　grudge 怨恨

knowledge 知識　judge 法官；審判

M
P
3

gh 不發音

gh

自然發音 | 不發音   K.K. 音標 | 不發音

說　明

g 和 h 在一起，gh 都不發音。

發音練習

high 高的	sigh 嘆息	nigh 在附近
thigh 大腿	night 夜晚	knight 騎士
fight 奮鬥；打架	right 對的；權力；右邊	light 燈光；輕的；淡的
might 可能；力量	sight 視力；看見	bright 明亮的；鮮豔的
fright 驚嚇	slight 輕微的	flight 飛行

gh 不發音

-eigh-

自然發音 | ā   K.K. 音標 | e

說　明

g 和 h 在一起，gh 都不發音。前面的 ei 發 a 的長母音 / ā / = 【e】 ᴷᴷ。

發音練習

eight 八	freight 貨運	neighbor 鄰居
weigh 稱重量	weight 重量	

gh 不發音

-ought- 自然發音 | ôt   K.K. 音標 | ɔt

說　明

g 和 h 在一起，gh 都不發音。前面的 ou 發 / ô / ＝【ɔ】ᵏᵏ。

發音練習

bought 買（過去式）fought 奮鬥;打架（過去式）ought 應該

sought 找（過去式）thought 想（過去式）　　brought 帶（過去式）

gh 不發音

-aught- 自然發音 | ôt   K.K. 音標 | ɔt

說　明

g 和 h 在一起，gh 都不發音。前面的 au 發 / ô / ＝【ɔ】ᵏᵏ。

發音練習

caught 抓住（過去式）　taught 教導（過去式）　daughter 女兒

naughty 頑皮的

MP3

g 不發音

gn　　　自然發音｜n　　　K.K. 音標｜n

說　明

　g 和 n 在一起，g 大多不發音，只發 n 的音。

發音練習

g**n**aw 啃　　　si**gn** 記號　　　assi**gn** 分派　　　resi**gn** 辭職

desi**gn** 設計　　　rei**gn** 統治

h 不發音

h　　　自然發音｜不發音　　　K.K. 音標｜不發音

說　明

　少數單字中的 h 不發音。

發音練習

honest 誠實的　　　　　**h**onor 名譽　　　　　**h**our 小時

kn　　自然發音│n　　K.K. 音標│n

說　明

　　kn 的組合只出現在字首，k 不發音，只發 n 的音（雙面人子音 n 在母音前的音）。

know 知道	knew 知道（過去式）	known 知道（過去分詞）
knee 膝蓋	kneel 跪下	knelt 跪下（過去式）
knock 敲	knob 旋鈕	knife 刀
knit 編織	knuckle 關節	

n 不發音

mn　　自然發音│m　　K.K. 音標│m

說　明

　　m 和 n 在一起，n 不發音，只發 m 的音（雙面人子音 m 在母音後的音）。

發音練習

autumn 秋天	column 圓柱；專欄	hymn 聖歌

s 不發音

S 自然發音 | 不發音 K.K. 音標 | 不發音

說　明

少數單字中的 s 不發音。

發音練習

island 島　　aisle 走道

t 不發音

t 自然發音 | 不發音 K.K. 音標 | 不發音

說　明

少數單字中的 t 不發音。

發音練習

Christmas 聖誕節　　often 時常　　listen 聽　　fasten 束縛

castle 城堡　　whistle 口哨　　witch 女巫　　watch 手錶

stitch 縫紉　　clutch 抓牢；離合器

u 不發音

u 　　　　自然發音｜不發音　　K.K. 音標｜不發音

少數單字中的 u 不發音。

build 建築

u 不發音

gu 　　　　自然發音｜g　　K.K. 音標｜g

說　　明

gu 的組合在字首時，u 不發音，只發 g 的音。

發音練習

guard 守衛	guess 猜測	guest 客人
guilt 罪過	guide 導遊	guitar 吉他
guarantee 保證書	guerilla 游擊戰	Guinea 幾內亞（國名）
guy 傢伙		

M
P
3

w 不發音

sw 　自然發音 | s 　K.K. 音標 | s

說　明

　s 和 w 在一起，w 不發音，只發 s 的音。

發音練習

an**sw**er 回答　　　　**sw**ord 刀劍

w 不發音

wr 　自然發音 | r 　K.K. 音標 | r

說　明

　w 和 r 在一起，w 不發音，只發 r 的音（雙面人子音 r 在母音前的音）。

發音練習

write 寫　　**wr**ote 寫（過去式）　**wr**ist 手腕　**wr**ong 錯的

wring 擰　　**wr**eck 毀壞　　**wr**ap 包紮　**wr**estle 扭打

wrinkle 皺紋　**wr**etch 可憐蟲

終章

Get Cracking!

破解單字，自信唸英文！

　　透過本書十四個課程的學習，大家應該已經了解自然發音法和單字的拼音規則，在這最後一個單元，請大家靠自己的力量，挑戰中上進階的英文單字發音，只要能破解英文單字發音的關卡，相信大家都能自信開口唸英文！

　　以下的字多為中上程度，是美國教育單位列為中小學生應該認識的單字。這些列舉出來的單字排列並未依照任何發音順序，可能你不認識這個英文單字、不知道單字的中文意義，但藉著本書之前的練習，已經記住發音規則的話，相信不用查字典，就能正確唸出這些中上進階的單字。

　　如果你發現自己無法正確唸出這些單字，請再回到本書前面的單元，再加強熟悉拼字規則，並仔細聆聽 MP3，跟著外籍老師的示範發音開口練習唸，一定可以正確唸出這些單字的發音。

發音練習

coach 教練	′chapter 章；回	′thunder 打雷
Bruce 布魯斯（人名）	phrase 片語	′nickel 五分錢（美金幣別）
tool 工具	Ruth 露絲（人名）	tease 戲弄
′ladder 梯子	lifter 舉重選手	right 驚嚇
march 行進	′cockroach 蟑螂	range 範圍
′rocket 火箭	rust 生鏽	roll 滾動
hoof 蹄	′photograph 相片	hare 野兔
halt 停止	′thermos 熱水瓶	steep 陡峭

'whether 是否　　trick 把戲；詭計　　block 街區；方塊

truck 卡車　　ex'cuse 藉口　　pause 暫停

a'muse 娛樂　　noise 噪音　　'moisture 水分；潮濕

poll'ute 汙染　　brook 小河　　crook 彎曲

'tragedy 悲劇　　'fidget 煩躁不安　　'gadget 小機件

snatch 奪取　　'generous 慷慨的　　stamp 郵票

hum 嗯哼（聲音）　　hunter 獵人　　'chestnut 栗子

charge 索價　　chase 追逐　　'splendid 輝煌的

chest 胸膛　　punch 用力猛擊　　stroll 散步

a'ffirm 使堅固　　'perfume 香水　　ge'ography 地理

'forgery 偽造　　su'ppose 假設；假想　　sketch 素描

'naughty 頑皮的　　daunt 嚇倒　　fraught 滿載的

gaunt 削瘦的　　strength 強度　　dash 短跑；破折號

trench 溝渠　　clutch 抓牢；離合器　　pinch 擰；捏

itch 癢　　chief 主要的；首長　　parent 雙親

shave 剃；刮　　sham'poo 洗髮精　　puzzle 拼圖；使困惑

'sharpen 使尖銳　　slash 斜線　　squeeze 擠壓

trash 垃圾　　a'ttention 注意　　drain 排出

sprain 扭傷　　slice 薄片　　veal 小牛肉

'flutter 振翅　　slope 坡度　　slack 鬆弛的

splurge 揮霍　　stoop 駝背　　skull 骷髏

skunk 臭鼬　　'flatter 恭維　　trans'late 翻譯

drizzle 下毛毛雨　　crane 鶴　　ex'periment 實驗

graze 放牧　　a'stray 迷失的　　foam 泡沫

'scripture 聖經經文　　'vampire 吸血鬼　　farewell 告別

國家圖書館出版品預行編目（CIP）資料

圖像自然發音法【暢銷修訂版】：零音標！立刻學會看字發
音、聽音辨字／曾利娟 Melody著. -- 三版. -- 臺中市：晨星
出版有限公司, 2023.10
　　176面；16.5×22.5公分. --（語言學習；40）
　　ISBN 978-626-320-574-1（平裝）

1.CST：英語 2.CST：發音

805.141　　　　　　　　　　　　　　　　　112011529

語言學習 40

圖像自然發音法【暢銷修訂版】
零音標！立刻學會看字發音、聽音辨字

作者	曾利娟 Melody
審訂	王釧如、李美欣
編輯	邱惠儀、余順琪
封面設計	初雨有限公司
內頁設計	初雨有限公司
內頁排版	林姿秀
發音示範	曾利娟、Stacie Moore
音檔錄製	十月

創辦人	陳銘民
發行所	晨星出版有限公司
	407台中市西屯區工業30路1號1樓
	TEL：04-23595820　FAX：04-23550581
	E-mail：service-taipei@morningstar.com.tw
	http://star.morningstar.com.tw
	行政院新聞局局版台業字第2500號
法律顧問	陳思成律師
初版	西元2004年06月15日
三版	西元2023年10月15日

線上讀者回函

讀者服務專線	TEL：02-23672044／04-23595819#212
讀者傳真專線	FAX：02-23635741／04-23595493
讀者專用信箱	service@morningstar.com.tw
網路書店	http://www.morningstar.com.tw
郵政劃撥	15060393（知己圖書股份有限公司）
印刷	上好印刷股份有限公司

定價 320 元
（如書籍有缺頁或破損，請寄回更換）
ISBN：978-626-320-574-1

Published by Morning Star Publishing Inc.
Printed in Taiwan
All rights reserved.

| 最新、最快、最實用的第一手資訊都在這裡 |